Espiãs
se arriscam em dobro

Obras da autora publicadas pela Galera Record:

Série Garotas Gallagher

Volume 1 — Escola de espiãs
Volume 2 — Espiã para sempre
Volume 3 — Espiãs também se enganam
Volume 4 — Espiãs se arriscam em dobro

ally carter

Espiãs se arriscam em dobro

Tradução de
Rachel Agavino

1ª edição

CIP-BRASIL. CATALOGAÇÃO NA PUBLICAÇÃO
SINDICATO NACIONAL DOS EDITORES DE LIVROS, RJ

Carter, Ally, 1974-
C315e   Espiãs se arriscam em dobro / Ally Carter; tradução Rachel Agavino. – 1. ed. – Rio de Janeiro: Record, 2013.
(Escola de espiãs; 3)

Tradução de: Only the good spy young
ISBN 978-85-01-09443-8

1. Espiões – Ficção. 2. Ficção americana. I. Agavino, Rachel. II. Título. III. Série.

13-02455
CDD: 813
CDU: 821.111(73)-3

Título original:
Only the good spy young

Copyright © 2010 by Ally Carter

Todos os direitos reservados. Publicado pela Disney Hyperion Books, um selo da Disney Book Gruop. Proibida a reprodução, no todo ou em parte, através de quaisquer meios. Os direitos morais do autor foram assegurados.

Composição de miolo: Abreu's System

Texto revisado segundo o novo Acordo Ortográfico da Língua Portuguesa.

Direitos exclusivos de publicação em língua portuguesa somente para o Brasil adquiridos pela
EDITORA RECORD LTDA.
Rua Argentina 171 – Rio de Janeiro, RJ – 20921-380 – Tel.: 2585-2000
que se reserva a propriedade literária desta tradução.

Impresso no Brasil

ISBN 978-85-01-09443-8

Seja um leitor preferencial Record.
Cadastre-se e receba informações sobre nossos lançamentos e nossas promoções.

Atendimento e venda direta ao leitor
mdireto@record.com.br ou (21) 2585-2002

Para papai

Capítulo Um

— Alvos obtidos, dez horas.

A voz de minha melhor amiga estava fria como o vento que soprava do Tâmisa. Sua determinação era firme como os antigos muros da Torre de Londres, a 6 metros dali. A noite ficava mais escura — as luzes brilhavam mais — e a confiança de minha melhor amiga era quase contagiante. *Quase*. Mas, ao olhar para a multidão a distância, eu não podia deixar de pensar que *não estava preparada para isso*.

Veja bem, não me entenda mal, estou preparada para *muitas* situações assustadoras. Afinal, nos últimos 18 meses, fui sequestrada de mentirinha uma vez, quase fui sequestrada de verdade outras duas vezes, me tornei alvo de uma organização terrorista internacional e de dois garotos incrivelmente bonitos. Então, assustador? É, nós temos uma *longa* história.

Mas agora Rebecca Baxter e eu estávamos de patins em uma pista de gelo que costumava ser o fosso em volta da Torre de Londres. Estávamos em desvantagem numérica e de tamanho. Então, alguma coisa naquele momento era... aterrorizante.

Mesmo que minha melhor amiga estivesse ao meu lado. Mesmo que nossa escola tivesse nos treinado para isso.

Mesmo que frequentássemos uma escola de espiãs.

— Oh, Cam. Eles estão olhando para cá.

Parte de mim teve esperança de que Bex estivesse falando de seu pai, que estava junto ao quiosque de registro da patinação, ou de sua mãe, que estava perto da saída à direita do rinque. Quis que ela estivesse falando dos agentes espalhados na multidão, cuja função era me proteger — como a mulher de mochila que vinha nos seguindo a tarde inteira ou o homem postado no topo da Ponte da Torre, que cruzava o Tâmisa e fornecia uma vista completa de todas as rotas de transporte por uns 600 metros em qualquer direção. Porém eu conhecia Rebecca Baxter bem o suficiente para saber que ela não estava falando dos espiões. Ela estava falando dos... garotos.

Quando Bex girou com facilidade e patinou de costas, passando pelo grupo de rapazes que riam e se exibiam na beira da pista de patinação, todos eles olharam para ela. Seu cachecol vermelho sacudia ao vento enquanto sorria.

— *E aí*? Qual deles você quer?

— Não obrigada. — Dei de ombros. — Desisti dos garotos.

Quero dizer, é claro que eles *pareciam* legais, bonitos e totalmente inofensivos, mas se tem uma coisa que nós, as Garotas Gallagher, aprendemos é que as aparências podem mesmo enganar.

— Ora, vamos, Cam — implorou Bex. — Que tal o mais alto?

— Não.

— O baixinho?

— Não, obrigada — falei, balançando a cabeça.

— Aquele com... — Bex não terminou a frase. Arregalou os olhos, que fitavam algo atrás de mim, mas minha mente pensava numa noite fria de novembro, em Washington, D. C., e em uma tarde quente de verão num terraço, em Boston, enquanto os dois momentos mais assustadores da minha vida passavam como um flash diante dos meus olhos.

Senti meu coração acelerar.

— O que foi? — Varri a multidão com os olhos, tentando ter um vislumbre do que Bex tinha visto.

— Cam... — começou ela.

Girei no gelo, esperando que a mãe de Bex ou o pai ou um dos meus guarda-costas demonstrassem o mesmo choque que eu via nos olhos de minha amiga, mas seus rostos estavam inexpressivos.

— Bex, o que foi?

— Não é nada. É só que... Me diga uma coisa, Cam... — Seu sorriso era de pura maldade, e ela falava tão devagar que dava vontade de matá-la. — Você tem certeza de que desistiu de *todos* os garotos?

— Bex, do que você está falando?

Minha amiga apenas fez bico, levou a mão à boca e disse:

— *Ops.*

E então Rebecca Baxter, a aluna mais habilidosa da Academia Gallagher para Garotas Superdotadas (que, acredite, tem algumas meninas *realmente* habilidosas), caiu no gelo.

Bem, acontece que fingir cair é uma excelente maneira de fazer os garotos pararem de olhar e começarem a agir. É claro que nossa outra colega de quarto, Liz, sem dúvida exigiria muitas outras evidências antes de considerar esta uma certeza científica, mas, levando-se em conta que havia oito garotos olhando e sete deles correram para ajudar Bex, eu diria que nossos resultados eram estatisticamente consideráveis.

Mas, para ser sincera, nesse momento estatística era a última coisa que eu tinha em mente, porque macios flocos de neve flutuavam no céu noturno entre mim e o único garoto que não tinha se mexido, aquele que não se comovera, o garoto que simplesmente ficou junto ao corrimão, com as mãos nos bolsos, olhando para mim e dizendo:

— Feliz Ano-Novo, Garota Gallhager.

Existe uma grande variedade de emoções que qualquer garota — quanto mais uma Garota Gallagher — é obrigada a experimentar um dia — da alegria à tristeza, da frustração à empolgação.

Nesse momento era possível dizer que eu estava sentindo todas elas.

E tentava não demonstrar nenhuma.

Os sete pretendentes de Bex se ajoelharam no gelo ao lado dela enquanto meus patins me levaram para mais perto do único garoto que havia restado perto do corrimão.

— Parece que você está com frio — consegui dizer, de algum modo.

— Eu tinha uma jaqueta mais quente, só que a dei a uma garota.

— Isso não foi muito esperto da sua parte.

— Não. — Ele deu um sorriso forçado e balançou a cabeça. — Provavelmente não foi mesmo.

Embora eu o conhecesse havia mais de um ano, ainda não sabia *muitas* coisas sobre Zachary Goode. Por exemplo, como o cheiro de sabonete e xampu podiam ser tão melhores nele do que em qualquer outra pessoa. Aonde ele ia quando não estava aparecendo misteriosamente em momentos aleatórios (e frequentemente perigosos) da minha vida. E, acima de tudo, não sei como, quando ele mencionou o casaco, me fez pensar na parte doce e romântica de novembro quando ele o deu para mim, e não na parte terrivelmente perigosa "terroristas internacionais estão tentando me sequestrar" que veio logo depois.

Pelo canto do olho, vi que os garotos tinham "ajudado" Bex a ir até um banco não muito longe, mas Zach pareceu não notar. Ele apenas chegou um pouquinho mais perto de mim e sorriu.

— Mas ela fica melhor em você.

Havia muitas coisas que a Academia Gallagher nos ensinava a lembrar, mas naquele momento eu desejava que minha educação excepcional também houvesse me ensinado a esquecer.

Quero dizer, era uma noite fria numa cidade estrangeira, e um garoto incrivelmente lindo estava sorrindo pra mim no brilho suave das luzes que piscavam! A última coisa de que eu queria me lembrar era da última vez que eu tinha visto Zach — o cantar de pneus do carro dos homens mascarados. Sério, esquecer teria sido muito útil nesse momento em particular. Mas sou uma Garota Gallagher. Não esquecemos nada.

— Por que tenho a sensação de que você não está aqui de férias? — perguntei.

Ouvi a risada de Bex. Senti a mão de Zach deslizando aos poucos pelo corrimão, cada vez mais perto da minha. Por apenas um segundo, achei que ele diria que era *eu* — que estava ali para me ver.

— Estou procurando por Joe Solomon. — Ele olhou para a área da Torre. — Achei que talvez ele estivesse com você.

Então, num piscar de olhos, as batidas aceleradas do meu coração passaram a ter outro significado. Claro que parecia fácil responder àquilo, mas nunca nada sobre meu professor de Operações Secretas foi fácil. Nunca.

— Qual é o problema? — perguntei, minha mente girando, pensando em pelo menos uma dezena de motivos para que o Sr. Solomon tivesse me seguido até Londres... e nenhum deles era bom.

— Nenhum, Garota Gallagher. Provavelmente não...

— Diga-me ou vou gritar pelo Sr. e pela Sra. Baxter, e você vai descobrir como Bex se tornou a *Bex*.

Ele chutou a neve compacta que se juntava na beira da pista de patinação.

— Tínhamos um encontro marcado alguns dias atrás, mas ele não apareceu. — Zach me encarou. — E não ligou.

OK, sei que quando a maioria dos adolescentes fala que alguém não ligou é em tom de reclamação. Ou lamento. Mas Zach não é exatamente do tipo que fica se lamentando.

Pela primeira vez senti frio no gelo.
— Ele não está na minha equipe de segurança.
— Sua mãe está fora procurando líderes do Círculo, certo? — perguntou Zach. — Será que Joe está com ela?
— Não sei — falei. — *Acho* que pode ser, mas... não sei.
— Ele entrou em contato com os Baxter?
— Não sei.
— Ele...
— Ninguém nunca me diz nada, lembra? — Estudei seu rosto e, apesar de tudo, não pude evitar saborear o fato de que, enfim, havia algo de que Zach não sabia. — Estar por fora não é legal, né?
— Rebecca! — A voz da mãe de Bex ecoou pelo ar frio.
— Você tem que ir — disse Zach, acenando com a cabeça na direção dos Baxter.
— Se o Sr. Solomon está faltando a encontros marcados, então temos que procurá-lo. Temos que contar aos pais de Bex... Temos que ligar para a minha mãe, para que ela possa...
— Não — disparou Zach, então balançou a cabeça e forçou um sorriso. — Provavelmente não é nada, Garota Gallagher. Agora vá. Divirta-se — disse ele, como se isso fosse possível.
— Cameron — chamou o pai de Bex. — Diga tchau para o rapaz.
— Temos que contar a eles, Zach. Se o Sr. Solomon está desaparecido...
— Eles saberiam — lembrou-me ele. Em seguida, falou, com a voz mais suave: — Seja o que for que esteja acontecendo, juro que eles sabem mais do que nós.

Zach se afastou do corrimão enquanto, atrás de nós, a voz do Sr. Baxter se tornava mais alta:

— Vamos, Cammie!

Olhei por sobre o ombro para o pai da minha melhor amiga, para a sua mãe e para os guardas que me cercavam havia semanas.

— Já vou!

Quando me virei novamente, Zach já havia sumido.

Capítulo Dois

O pai de Bex é um dos melhores espiões da Inglaterra (sem contar que foi o homem que ensinou a filha a usar uma Barbie como arma quando tinha 7 anos), por isso não corri atrás de Zach. Não gritei. Apenas acompanhei Abe Baxter pelo gelo, patinando lentamente.

— A Torre de Londres é o mais antigo prédio real ainda em uso oficial, Cammie.

— Ela sabe, pai — disse Bex, embora a) eu na verdade *não* soubesse, e b) a essa altura eu tivesse fatos muito mais secretos na cabeça.

— Sr. Baxter... — comecei, mas o pai de Bex já estava apontando para os altos muros da Torre e dizendo:

— Só a Casa das Joias já é um alvo AA...

— Ela sabe, pai — repetiu Bex, revirando os olhos.

Mas ela não parecia realmente chateada ao olhar para o pai, ouvindo enquanto ele prosseguia:

— Tem portões de segurança de titânio reforçado e uma trama automodificável de laser de 980 pontos. — Então ele parou. — Desculpe, Cammie, o que você estava dizendo?

Porém, algo no modo como ele olhou para mim me fez esquecer de Zach, do Sr. Solomon e até do Círculo de Cavan. Alguma coisa me lembrou que os pais contam piadas velhas. Repetem sem parar histórias e fatos que não têm a menor importância para 99% da população mundial. Pais às vezes olham para suas filhas como se elas fossem mais preciosas que todos os diamantes da Inglaterra. Eu me lembrei que — há muito tempo atrás — alguém tinha olhado para mim daquele jeito.

— Eu... eu só queria agradecer mais uma vez por me deixar passar as férias de inverno com vocês — consegui murmurar.

Ele apertou meu ombro.

— É um prazer, Cameron.

Então, simples assim, disse a mim mesma que Zach tinha razão — não devia haver nada de errado. Provavelmente estava tudo bem. Afinal, o Sr. Solomon era cuidadoso. Ele era bom.

Ainda assim, quando deslizei até um dos bancos e comecei a desamarrar os cadarços dos meus patins, era como se meus dedos não quisessem me obedecer. Era como se eu tivesse esquecido como respirar.

— Oooh... corvos! — exclamou o Sr. Baxter, sentando-se ao meu lado no banco. Ele apontou para um pássaro negro que procurava migalhas no lixo perto da base do alto muro de pedra. — Há uma história interessante, Cammie. Segundo a lenda, a Inglaterra cairá se os corvos deixarem a Torre de Londres.

Olhei o pássaro, mas não falei nada. Ele era tão escuro contra o branco do gelo.

O Sr. Baxter suspirou.

— Cortam as asas deles para que não possam voar para longe.

E então, apesar do vento gelado, meu rosto ficou quente. Minhas mãos suavam dentro das luvas enquanto eu puxava o cachecol em volta do meu pescoço, subitamente tonta, ficando de pé, de meias, no chão congelado, os patinadores ainda girando e girando.

O Sr. Baxter se levantou.

— O que foi, Cammie? Qual o problema?

Balancei a cabeça.

— Não... é nada.

Mas algo havia me ocorrido — como um *déjà vu*, só que mais forte. Havia algo na multidão que eu devia saber, algo que eu devia enxergar. Balancei a cabeça e, por uma fração de segundo, pensei ter visto uma mulher alta e graciosa do outro lado da pista; prendi a respiração ao me lembrar da mulher no terraço de Boston.

— Não — murmurei.

Olhei para a Sra. Baxter e sua colega com a mochila, que havia nos seguido o dia inteiro. As duas seguravam copos de café na mão direita — sinal de que ninguém estava nos seguindo, de que estava tudo bem. Mas as coisas *não estavam* bem. Havia um fantasma naquela multidão — algo que eu deveria ver. Algo que eu deveria saber.

— Cammie? — O Sr. Baxter pôs a mão no meu ombro. — O que foi?

— Não sei — falei, balançando a cabeça. — É só...

Antes que eu pudesse terminar, ouvi uma explosão de estática vinda da unidade de comunicação na orelha do Sr. Baxter — um grito distante, abafado. Do outro lado do gelo, a mulher com a mochila girou, como se estivesse procurando alguma coisa — alguém. O copo caiu da sua mão sobre o gelo. E, naquele momento, minha mente voltou a Washington, e então voltou um pouco mais, a Boston.

Peguem-na. As palavras ecoaram na minha cabeça.

Peguem-me.

Então as luzes se apagaram.

Capítulo Três

Mesmo na total escuridão, eu sabia que comandos soavam nos ouvidos dos agentes no rinque. Num instante, o Sr. Baxter me segurou, afastando-me do gelo e me levando para perto dos muros de pedra da Torre.

Senti o chão duro e gelado sob meus pés, mas não houve tempo de pegar minhas botas — nem um segundo para fazer qualquer coisa que não correr e ouvir os gritos que ecoavam no escuro. Mantive uma das mãos no muro áspero enquanto o Sr. Baxter segurava a outra com força e nos embrenhávamos pela multidão de turistas desesperados — abrindo caminho em meio ao caos —, até que, de repente, sua mão se soltou da minha.

— Cammie! — gritou ele, e eu tentei alcançá-lo na escuridão, mas havia gente demais. — Cammie! — berrou ele uma segunda vez, mas, antes que eu pudesse responder, um par de braços fortes envolveu minha cintura, e alguém me imobilizou contra o muro de pedra.

Comecei a me debater, mas o homem reagiu como se soubesse exatamente o que eu tinha sido treinada para fa-

zer. Ele apertou meus braços dos lados do corpo com tanta força que só tive uma alternativa: movi a cabeça para trás e ataquei com toda vontade. Senti o golpe atingi-lo, e o homem recuou. Então ouvi outra coisa, uma voz conhecida no meu ouvido, dizendo:
— Cammie, fique calma.
Por um segundo achei que estivesse ouvindo uma das unidades de comunicação — que a voz do meu professor estivesse vindo me orientar a como salvar minha vida.
— Cammie, pare de lutar — sussurrou a voz, enquanto, uma a uma, as luzes de emergência da Torre ganhavam vida. E, no brilho suave que se espalhou pelo terreno, vi Joe Solomon me encarando. Ele pegou minha mão.
Então o ouvi sussurrar:
— *Corra.*

— Eles estão vindo, não estão?
Minha respiração se condensava no ar gelado enquanto meus braços continuavam tateando à frente, meus pés se moviam e meu professor mantinha um aperto firme na minha mão, me puxando pela área mal-iluminada da Torre até uma rua movimentada de Londres. Então eu disse as palavras que temi durante semanas:
— O Círculo... eles estão aqui.
— Srta. Morgan, nós só temos um minuto até que eles nos encontrem, portanto você tem que me ouvir com muita atenção — falou meu professor, apertando ainda mais minha mão, conduzindo-me depressa pelo tráfego constante para a Ponte de Londres.

— Você está com uma unidade de comunicação? Precisa avisar aos Baxter que está comigo. Temos que chamar uma equipe de retirada e...

— Cammie, ouça!

A ordem pareceu ecoar na escuridão, e alguma coisa nela me fez parar ali, bem no meio da ponte. Ele soava zangado, nervoso e assustado.

Joe Solomon estava com medo.

Ele pôs as mãos nos meus ombros.

— Cammie, temos apenas um minuto antes que eles nos encontrem, e então irão levar você embora...

— Não! — gritei.

— Escute! A qualquer momento eles vão levá-la de volta para a escola, e, quando você chegar lá, tem que...

— Olá, Joe.

Quando o pai de Bex apareceu na margem escura do rio, sua voz estava firme e calma, mas ele tinha a mesma expressão de minha amiga quando está focada, furiosa e nada nesse mundo é capaz de detê-la.

Ainda assim, o Sr. Solomon não se virou para ele. Continuava segurando meus ombros como se nenhuma tarefa em toda a minha vida tivesse sido mais importante do que aquela que ele estava prestes a me dar

— Cammie, me escute!

— Vamos, Joe — gritou o Sr. Baxter do outro lado da ponte, avançando como um homem que procura briga.

— Renda-se. Solte a garota.

Balancei a cabeça. Naquele momento, nada fazia sentido — nem o que o Sr. Solomon estava dizendo nem o modo como o Sr. Baxter olhava para nós. Nenhum dos dois parecia saber que estavam do mesmo lado — o meu lado.

— Tudo bem, Sr. Baxter — falei, virando-me para o pai de Bex, pensando que talvez ele não houvesse reconhecido meu professor. — É o Sr. Solomon. *Joe Solomon*. Ele é...

— Sei quem ele é, Cammie. — O pai de Bex chegou mais perto. — E ele virá comigo agora... Vamos voar para Langley e resolver essa confusão.

— Cammie! — O Sr. Solomon me sacudiu de leve. — Não dê ouvidos a ele. Preste atenção em mim!

Mas o pai de Bex continuava falando:

— Joe, você tem que soltá-la.

A mãe de Bex surgiu das sombras atrás do marido.

— Cammie, querida, quero que venha para perto de mim agora.

Sob meus pés, a ponte era fria e áspera, mas não me mexi. Olhei as margens escuras do rio, procurando Bex, precisando de sua ajuda para explicar a seus pais que eles estavam cometendo um engano terrível. Mas tudo o que vi foram guardas e agentes fechando o cerco à nossa volta, e, naquele momento, percebi que ninguém estava mais procurando nada na multidão. Nenhum deles estava procurando o Círculo. Em vez disso, as pessoas que tinham jurado me proteger olhavam para a ponte como se aquele fosse o lugar mais perigoso do mundo em que eu pudesse estar.

Quando o agente da torre de observação apareceu do outro lado da ponte, eu soube que estávamos cercados.

— Cammie, agora! — ordenou a Sra. Baxter, mas eu continuei congelada onde estava.

— O pai dela era meu melhor amigo! — gritou meu professor, as palavras ecoando pelo rio e sumindo na noite.

O pai de Bex concordou com a cabeça e chegou mais perto.

— Eu sei.

— Isso é loucura, Abe — disse o Sr. Solomon, balançando a cabeça.

— Claro que é — retrucou o Sr. Baxter, com calma. — Mas protocolos existem por um motivo, Joe. Nós sabemos...

— Nós sabemos como isso termina! — berrou meu professor.

— Não desta vez — falou o Sr. Baxter. — Não necessariamente. Não se você soltar Cammie e vier comigo.

— Sr. Solomon... — Não reconheci minha própria voz, que soava distante e frágil. Vi como eu continuava nas sombras, sem lutar contra o aperto de meu professor. Fraca. Eu me sentia fraca. E então me afastei.

— Cammie, venha aqui — ordenou novamente a mãe de Bex. Vi minha amiga ao lado dela, imóvel. Confusa. — Cammie! — gritou a Sra. Baxter, mas olhei para o meu professor.

— Sr. Solomon, o que está acontecendo? Por que o senhor está aqui? Por que não foi se encontrar com Zach? Por que eles estão olhando para o senhor como... Por que estão falando como se *você* fosse o inimigo?

— A CIA tem algumas perguntas a fazer a ele, Cammie — respondeu o Sr. Baxter. — Só isso. Ele só tem que responder algumas perguntas.

— Você vai tentar me prender, Abe? — O Sr. Solomon riu e então se virou para a mãe de Bex. Grace, vocês vão me algemar na frente de Bex e de Cammie?

— Não! — gritou Bex, mas a mãe dela disse, com voz calma:

— Você sabe que precisamos.
— Mãe! — exclamou Bex.
— Rebecca, fique fora disso — alertou seu pai. Então olhou para o homem que todos conhecíamos, o homem em quem apenas Bex e eu ainda confiávamos. — Você não devia ter vindo aqui, Joe.
— Eu tinha que falar com Cammie.
— Cammie estava segura conosco — disse a mãe de Bex.
Meu professor balançou a cabeça e retrucou:
— Cammie não está segura *em lugar nenhum*.
Eu não queria chorar, mas também não podia mais fingir. Eu não estava de férias. Eu estava me escondendo. Eu era como os corvos, uma prisioneira de um destino que eu não conhecia e não podia controlar. Então olhei para o adulto que eu conhecia melhor — o único homem em quem confiei de verdade desde muito tempo.
— Sr. Solomon, por favor, o que está acontecendo?
Ele voltou a pôr as mãos nos meus ombros.
— Cammie, você tem que seguir os pombos.
— Eu... eu não entendo.
— Prometa, Cammie! Não importa o que aconteça, me prometa que você vai *seguir os pombos*.
Aquilo não fazia o menor sentido — nem as palavras, nem seu olhar ou o modo como os pais da minha melhor amiga nos encaravam como se o momento que eles temeram durante dias enfim houvesse chegado.
Uma sirene soou, e de repente senti uma instabilidade sob meus pés, como se a terra estivesse se mexendo.
— Sr. Solomon — falei devagar, calma — talvez você *devesse* vir conosco... Vamos ligar para minha mãe, e ela

vai explicar que você é professor, que está havendo algum tipo de engano e...

Mas não pude terminar, porque a terra estava *mesmo* se mexendo. A sirene ficava mais alta; as pessoas começavam a gritar das margens do rio. Em um instante assustador, lembrei que a Ponte de Londres é uma *ponte-báscula*, e o Sr. Solomon e eu estávamos de pé bem no meio dela.

— Cammie! — gritou Bex, quando a ponte se inclinou, mas sua mãe a deteve.

Segurei o guarda-corpo enquanto as metades da ponte ficavam, cada vez mais altas e íngremes. O Sr. Solomon continuava com as mãos nos meus ombros, me segurando e me equilibrando.

— Cammie, você tem que *me prometer*!
— Está bem, Sr. Solomon. É claro. Eu prometo.
— Obrigado, Cammie. — Ele afrouxou suas mãos e baixou a cabeça. Suspirou e, pela primeira vez, parecia estar respirando. — Obrigado.
— Muito bem, Joe. — O Sr. Baxter chegou mais perto. — Você falou com Cammie. Conseguiu sua promessa. Agora, venha. Vamos resolver isso.

Mas o Sr. Solomon estava se afastando, o olhar ainda fixo em mim.

— Os pombos, Cammie.
— Os pombos — repeti.

E então um dos maiores espiões que já conheci correu para a extremidade elevada da ponte e se jogou lá do alto, voando, caindo. Os pais de Bex correram atrás dele, mas eu já estava lá, olhando para o Tâmisa.

E Joe Solomon já havia desaparecido.

Capítulo Quatro

Durante as férias de inverno do sétimo ano, Bex havia ajudado seus pais a desmascarar um agente duplo infiltrado no MI6. No verão em que completou 14 anos, ela jura ter desarmado uma bomba embaixo do camarote da família real nas arquibancadas de Wimbledon. Mas, quando eu e Bex estávamos sentadas no banco de trás de uma van do MI6 com as palavras "Handy Helpers-Serviço de Pintura Domiciliar" pintadas na lateral, eu soube que nenhuma Garota Gallagher jamais voltara de férias com uma história como aquela para contar.

Tentei repassar os fatos para mim mesma — o primeiro agente que nos alcançou era canhoto e tinha olhos verdes, o número do telefone na lateral da van tinha prefixo de Surrey. Eu me lembrava de todos os detalhes — cada um deles. Afinal, o Sr. Solomon havia me treinado bem. E, na verdade, esse era o problema.

O Sr. Solomon havia me treinado.
O Sr. Solomon havia me ensinado.

E então ele me arrastara para aquela ponte e pulara nas águas frias e escuras do Tâmisa. E aí eu me sentei com o Sr. Baxter de um lado e a Sra. Baxter do outro, esperando que o mundo parasse de girar na direção errada.

Mas, é claro, por mais que Rebecca Baxter tenha muitos talentos, *esperar* não é um deles.

— O *que foi aquilo?* — exclamou Bex, assim que as portas da van se fecharam.

— Silêncio, Rebecca — ordenou sua mãe.

— Porque parece que vocês dois acabaram de tentar *prender* Joe Solomon — disse Bex. — Foi isso que lhe pareceu também, Cam?

— Agora não, Rebecca — pediu seu pai.

— Então o que foi aquilo? — insistiu Bex. — Treinamento?

— Bex — repreendeu a mãe.

— Teste de segurança do perímetro? — tentou minha amiga.

— Rebecca, vou fazer com que esse agente pare a van — ameaçou seu pai, mas ela insistiu:

— Corrijam-me se eu estiver errada, mas Joe Solomon não é um dos *mocinhos*?

Eu queria que seus pais tivessem lhe dado um corte, uma bronca, alguma coisa — qualquer coisa — porque nada podia ser mais assustador do que o olhar que os pais de Rebecca trocaram naquele momento. Até Bex ficou quieta ao ver aquilo.

Um minuto depois, senti a van mudar de direção, desacelerar, e tudo à nossa volta ficou escuro. Bex me olhou na luz de dentro do veículo.

— Túnel? — sugeri.

Ela me encarou e sussurrou de volta:

— Zach?

Antes que eu pudesse responder, as luzes do túnel piscaram e nos perdemos na total escuridão enquanto o motorista virava o volante com força. Pneus cantaram. Eu me segurei no banco, sentindo os corpos dos Baxter se chocando contra o meu, e ainda assim ninguém gritou nem temeu um acidente enquanto virávamos rápido — rápido demais — na direção da parede do túnel. No escuro, senti minha melhor amiga apertar minha mão, quando, de repente, a parede à nossa frente se dividiu e a van foi completamente engolida.

Eu me virei no banco e, pelo vidro traseiro, vi a porta secreta se fechar.

— Legal — sussurrou Bex.

Então vi uma luz no fim do túnel (*literalmente*). Tudo ficava mais claro enquanto a van diminuía a velocidade, e a passagem ficava cada vez mais larga até que não estávamos mais num túnel.

— Bem-vindos à estação Baring Cross — disse uma voz bem alta, quando a porta da van se abriu.

A mãe de Bex imediatamente passou o braço pela minha cintura; o Sr. Baxter segurou minha mão, e a melhor equipe do Serviço Secreto de Sua Majestade nos encarava, olhando para mim como se *eu* fosse a coisa mais interessante daquele espaço cavernoso.

O teto devia ter a altura de cinco andares. Passarelas se estendiam acima de nós e havia outras vans à direita, estacionadas em ângulos estranhos. À nossa volta, pessoas corriam, gritando ordens. Havia escadas de aço inox, com os espelhos dos degraus em cromo polido e vidro temperado por todos os lados. Não pude deixar de pensar que fazia quase um ano que eu havia sido escoltada para dentro de outra instalação subterrânea superlegal e ultrassecreta em uma grande capital mundial.

Mas minha viagem à instalação debaixo de Washington tinha sido por causa de um garoto. (Ou, mais especificamente... um *namorado*.) Em Londres, era por causa de um homem. (Ou, mais especificamente... um *professor*.) No ano anterior, eu sabia que aquela viagem ia acontecer. Dessa vez, nada relacionado àquele dia era rotineiro. No último inverno, minha mãe tinha me levado à instalação para responder algumas perguntas. Porém, dessa vez, eu estava ao lado dos Baxter, preocupada com as coisas que eu não sabia.

— Você está bem? — perguntou uma mulher.

— Ele a machucou? — Quis saber um homem de jaleco branco e luvas cirúrgicas.

— Como é que ele pôde chegar tão perto? — disparou outro homem.

— Porta dos Traidores — respondeu uma das mulheres. — Ele chegou pela Porta dos Traidores.

— É claro — murmurou o homem, e eu tentei afastar aquelas palavras da minha mente. Eles estavam apenas tagarelando. Não fazia sentido. Porque "ele" era o Sr. Solomon.

"Ele" era um dos melhores espiões que já conheci.

"Ele" era o melhor amigo do meu pai.

Quando passamos por uma parede enorme coberta de telas, imagens da cidade apareciam em flashes tão rápidos que era um milagre alguém conseguir ver qualquer coisa.

— O satélite está pronto! — anunciou um jovem com óculos de aro de tartaruga.

— Quero que observem cada entrada do metrô, cada cruzamento, todos os aeroportos. Estamos perto, pessoal! — gritou uma mulher mais velha — Não vamos deixá-lo escapar.

Os olhos de Bex encontraram os meus, e eu soube no que ela estava pensando: nosso professor não teria ido até aquela ponte se ele não tivesse um jeito de escapar; não teria ido a Londres se não pudesse sair dali; e, quando Joe Solomon não quer ser encontrado, não há câmera, satélite ou agente no mundo capaz de achá-lo.

— Baxter! — chamou uma voz vinda do passadiço acima de nós. — Você está com a garota?

O pai de Bex passou o braço pelo meu ombro.

— Ela está aqui. E está bem.

— Então venha por aqui — disse para mim o homem, indicando uma porta de metal no fim do passadiço. Bex deu um passo à frente.

— *Nós* podemos esperar lá dentro — falou.

O agente olhou para a Sra. Baxter, que tinha uma expressão tão determinada quanto a da filha.

— Eu vou com ela — disse a Sra. Baxter. — Cammie é responsabilidade nossa.

— Deveriam ter pensado nisso antes de levá-la para patinar — rebateu o agente.

Eu queria protestar de alguma forma — lembrar a eles que aquilo não tinha sido culpa dos Baxter — seja lá o que "aquilo" fosse. Mas a mão da mãe de Rebecca estava no meu ombro, me empurrando gentilmente, como se me dissesse que aquele era um caminho que teria que percorrer sozinha.

Capítulo Cinco

PRÓS E CONTRAS DE PASSAR A NOITE EM UM QUARTO ULTRASSECRETO, EM UMA INSTALAÇÃO ULTRASSECRETA, MAS SEM QUE NINGUÉM LHE EXPLIQUE POR QUÊ:
(Por Cameron Morgan)

PRÓ: As instalações subterrâneas ultrassecretas do governo são excelentes lugares para se aquecer depois de esquiar no gelo.

CONTRA: O processo de aquecimento é sem amigos, sem família e absolutamente sem respostas.

PRÓ: Às vezes é bom ter um momento sozinha para se recompor depois de experiências muito traumáticas (e completamente confusas).

CONTRA: O "momento" deixa de ser bom quando dura mais de duas horas.

PRÓ: Quatro palavras — Crédito. Por. Tarefa. Extra.

CONTRA: Duas palavras — Sem. Banheiro.

PRÓ: Saber que há cinquenta agentes e pelo menos duzentas câmeras entre você e as pessoas que querem pegá-la.

CONTRA: Perceber que você sabe menos do que antes sobre essas pessoas. Muito menos.

Todo bom agente sabe que há muitos motivos para fazer uma pessoa esperar antes de interrogá-la. Às vezes, o objetivo é deixá-la nervosa; às vezes, é dar-lhes tempo para pensar; há ocasiões em que você precisa juntar os fatos; e, em outras, falar com elas simplesmente não é tão importante assim. Mas um único motivo me ocorreu quando ouvi a porta se abrir com um rangido e levantei a cabeça e os braços da mesa de ferro gelada.

— Minha mãe está aqui?

— Não.

A porta bateu, eu me virei e observei um homem que nunca tinha visto antes caminhar até o outro lado da sala. Ele era alto, tinha cabelos pretos ondulados e olhos azuis. Enquanto falava com seu sotaque inglês carregado, tanto a espiã quanto a garota dentro de mim souberam imediatamente que eu estava babando.

— Como vai, Cammie? — perguntou-me ele, mas mal esperou eu responder "Bem". — Está precisando de alguma coisa? Água? Algo para...

— O que aconteceu na ponte?

O homem deu uma risadinha.

— Bem, isso era o que eu esperava que você me contasse.

Ele deixou cair uma pasta de arquivo sobre a mesa entre nós e se acomodou na cadeira em frente à minha, mas alguma coisa naquele gesto — na risada dele — me pareceu estranha. Nada parecia mais tão divertido.

— Ele não a machucou? — perguntou.

— O Sr. Solomon é meu professor. Ele jamais me machucaria.

— Tem *certeza* de que não quer nada? Um chocolate quente, talvez?

— Não quero chocolate. Quero saber por que uma equipe de captura composta por seis pessoas cercou Joe Solomon. Quero saber por que um dos melhores agentes da CIA teve que furar a proteção do MI6 para falar comigo. Quero dizer, nós *estamos* do mesmo lado, não estamos?

Então o sorriso do homem sumiu rapidinho.

— Ah, sabemos quem são nossos amigos — disse ele.

— É mesmo? Porque parece que...

— O que aconteceu na ponte?

— É isso que estou perguntando a *você* — rebati.

— O que Joe Solomon lhe *disse* na ponte? — Ele cerrou os dentes ao reformular a pergunta.

— Não sei. Tudo aconteceu muito rápido. Realmente não entendi.

Ele riu de novo e dessa vez murmurou:

— Claro que não.

— Qual é o seu nome? — perguntei, mas ele não respondeu. — Você é do MI6, certo?

— Impressionante — falou, mas algo em seu tom me disse que ele não estava nem um pouco impressionado.

— Quem é você? Onde estão os Baxter?

Ele se remexeu na cadeira e se inclinou para a frente.

— Graças a eles, metade de Londres viu o que aconteceu hoje, o que, no nosso trabalho, é algo *ruim*. Então, os Baxter estão um pouco ocupados agora.

Eu não sabia o que era pior, o fato de os pais de Bex estarem com problemas por minha causa ou o fato de o homem na minha frente falar comigo como se eu fosse uma intrusa — uma fraude. Tudo bem, eu *sou* uma "agente em treinamento indisciplinada de 16 anos" e, não me entenda mal, a parte do "16 anos" já foi muito útil algumas vezes, mas ele estava me lançando um olhar que eu esperaria de pessoas que não sabem a verdade sobre a minha escola — e o homem sentado à minha frente *deveria* saber a verdade.

Pelo menos era o que eu achava.

— Hum... só por curiosidade — comecei —, qual é o seu nível de permissão?

— Qual é o *seu* nível de permissão?

— Eu perguntei primeiro.

O homem deu um sorriso forçado e disse:

— Alto o bastante.

Isso não era realmente uma resposta, mas achei que não fosse o momento apropriado para questionar.

— Por que todo mundo está atrás do Sr. Solomon? — perguntei. O homem se recostou em sua cadeira, e eu me inclinei para a frente, olhando bem nos seus olhos azuis.

— Houve algum tipo de engano. Ligue para a Academia Gallagher. Ligue para minha mãe.

— *O que Joe Solomon lhe disse na ponte?* — disparou o homem, mas eu mal ouvi suas palavras.

— Minha mãe é Rachel Morgan, sua identificação de agente secreta é 145-23-6741. Diretora da Academia Gallagher para Garotas Superdotadas. Você tem que...

— Sei quem é sua mãe — declarou ele, calmo. — Agora me fale sobre Joe Solomon!

Deixei as palavras se assentarem, tentei encontrar o âmago da minha raiva, do meu medo, antes de sussurrar devagar:

— Os pombos. Sr. Solomon me disse para seguir os pombos.

Eu esperava que ele risse de novo, mas dessa vez ele me observou com atenção.

— Isso significa alguma coisa para você?

— Não.

— Nenhuma aula? Uma chave que tenha usado? — perguntou ele e em seguida balançou a cabeça, frustrado.

— Uma chave é uma palavra que dois espiões usam para transmitir informações entre...

— Eu sei o que é uma chave.

— E os pombos não significam nada para você? — insistiu ele.

Fechei os olhos, lembrei-me da sensação do vento frio no meu rosto e das mãos do Sr. Solomon pressionando meus braços, mas era de seus olhos que eu me lembrava mais claramente.

— Tudo aconteceu muito rápido. Ele estava assustado. Não parecia... ele mesmo.

— Há um bom motivo para isso — disse o homem, sem qualquer traço de emoção na voz. — Você não conhece Joe Solomon.

— Você está errado — rebati, sem rodeios. — Houve um engano. O Sr. Solomon é professor da Academia Gallagher. Ele é da CIA e veio a Londres para me proteger ou me alertar... só estava assustado por causa da ameaça.

— Você ainda não entendeu, não é? — Ele fechou a pasta, quase sorrindo. — Joe Solomon é a ameaça.
— Isso é ridículo — retruquei. — O Sr. Solomon é meu *professor*.
O homem se levantou.
— Pode parar de chamá-lo de "senhor", mocinha. — Caminhou até a porta e deu uma batidinha no vidro. — Joe Solomon nunca mais será seu professor.

Capítulo Seis

Nas seis noites seguintes, os Baxter e eu dormimos em cinco esconderijos diferentes.

Usamos um barraco de jardineiro abandonado numa velha propriedade da Escócia, um apartamento com vista para o Big Ben, um chalé no País de Gales e um lugar que se poderia chamar de um pequeno castelo, com tudo o que tinha direito, até uma armadura e um pavão.

Saíamos de carro todas as manhãs. Havia guardas conosco o tempo todo.

Você deve estar pensando que ter total acesso a essas fortalezas secretas fizeram com que todas as alunas invejassem Bex e eu; mas, de maneira geral, as Garotas Gallagher não sentem inveja de nada que envolva guardas (quando você *é* a *protegida*) e aranhas (e os esconderijos do MI6 têm *muitas* aranhas).

Na sexta noite, acordei em uma cama estreita, ouvindo a respiração suave de Bex e mais alguma coisa, uma palavra abafada: "Cavan."

Continuei deitada por um momento, mas depois deslizei para fora da cama debaixo do beliche. Para minha surpresa, as tábuas do piso não fizeram barulho sob meus pés. Eu estava morrendo de frio, mas não fui revirar as bolsas de viagem e as malas que, embora abertas, estavam cuidadosamente arrumadas, prontas pra uma fuga rápida. Em vez disso, saí para o hall e desci a estreita escada caracol que levava do segundo andar até a pequena plataforma fora da cozinha. Quando cheguei à plataforma, vi as pernas do Sr. Baxter, sentado à mesa, se balançarem de leve enquanto ele dizia:

— Você encontrou com a Rachel?

— Encontrei — respondeu uma mulher, com um sussurro rouco.

— Fico surpresa que tenha sido possível — disse a Sra. Baxter.

A mulher riu baixinho.

— Bem, eu não estava no clima para ouvi-la dizer que seria *impossível*.

— Entendo — concordou a Sra. Baxter.

— Grace, como ela está? — perguntou a mulher.

— Bem — respondeu a Sra. Baxter. — Quer que eu vá chamá-la?

— Não.

Fiquei parada no escuro, escutando, enquanto o vento soprava, o castelo gemia, e a mulher falava:

— Deixe Esguicho dormir.

Só uma pessoa no mundo me chamava de Esguicho, então nem pensei, apenas fiquei ali, pronta para saltar da escada estreita na direção da minha tia Abby. Mas então senti um braço em volta da minha cintura e a mão de alguém tapou a minha boca. Dei uma espiada por cima do ombro e vi os olhos arregalados de Bex brilhando no escuro.

Ela balançou a cabeça uma vez, rápido. *Não*, estava me dizendo. *Pense. Talvez nunca mais tenhamos uma chance dessas.*

O sorriso de minha amiga era especialmente malicioso (o que, pode acreditar em mim, significa alguma coisa) quando ela sussurrou:

— Tenho uma ideia melhor.

Três minutos depois, eu estava no último andar do castelo, olhando para uma caixa de madeira e uma corda pouco resistente, ouvindo minha melhor amiga dizer:

— Você que deveria ir.

— Por que eu? — sussurrei, olhando a corda balançar no ar sobre uma fossa escura e vazia que desaparecia na pedra fria das paredes do castelo.

— Você é menor — disse Bex. (Era verdade.) — E eu sou mais forte — completou ela. (Provavelmente é mesmo.) — E eu...

— Tem medo de aranhas? — chutei.

Mas Bex prosseguiu:

— ... ainda estou um pouco surda por causa do incidente com a granada de percussão durante a semana de provas finais.

Foi assim que fui parar no elevador de alimentos.

Eu descia pela parede do castelo, cada vez mais para baixo, ao mesmo tempo que os barulhos na cozinha ficavam mais e mais altos.

— Tem certeza de que não quer um pouco de chá? — perguntou o pai de Bex.

— Não, obrigada, Abe. — A voz da minha tia parecia fraca, quase frágil. — Para falar a verdade, não tenho dormido muito bem.

— Nós também não — acrescentou a mãe de Bex.

A chaleira começou a chiar. Uma cadeira foi arrastada no chão.

— Quão perto ele chegou, Grace? — perguntou Abby. — Ela correu algum perigo?

— Cammie está sempre em perigo — disse a Sra. Baxter, e o chiado da chaleira parou.

— Você o viu, Abe? — perguntou minha tia.

Embora não houvesse nenhuma dúvida de quem era *ele*, o Sr. Baxter pareceu levar uma eternidade para responder:

— Vi.

— Como ele estava? — perguntou Abby.

— Desesperado.

— Você acredita nisso? — Quis saber minha tia.

— É assim que o Círculo tem trabalhado há mais de cem anos... — começou o Sr. Baxter.

— Mas, Abe, nós o *conhecíamos* — pressionou Abby.

Após uma longa pausa, o Sr. Baxter falou:

— Acho que Joe Solomon é o tipo de homem que ninguém nunca vai conhecer de verdade.

Três agentes secretos experientes e premiados estavam sentados atrás daquela parede. Juntos, provavelmente já deviam ter usado cem identidades diferentes, em uma dúzia de países. Nomes eram apenas disfarces. Nada mais que lendas. Pendurada no escuro, eu me perguntei se alguma coisa sobre Joe Solomon era mesmo verdade.

Eu sentia que a verdade estava escorregando para longe de mim, caindo, até...

Espere, percebi tarde demais. *Eu* estava escorregando — literalmente.

Por uma rachadura no topo do elevador de alimentos eu podia ver Bex segurando a corda, se esforçando para me puxar de volta, mas a corda deslizou de novo.

Do outro lado, os adultos continuavam conversando. Ouvi o Sr. Baxter dizer:

— Não podemos contar a Cammie até termos certeza absoluta de que...

— *Nunca* poderemos contar a Cammie — corrigiu tia Abby.

— Aguente firme! — O sussurro desesperado de Bex ecoou pelo fosso enquanto o elevador de alimentos deslizava de novo.

Isto não é bom, disse a mim mesma. Isto não é...

Mas, do lado de fora do fosso, a voz da Sra. Baxter era calma:

— Ela tem quase 17 anos, Abby. E quanto mais souber, mais segura...

— Cammie jamais estará segura! — exclamou Abby.

Então me lembrei de que um elevador de alimentos instável era o menor dos meus problemas.

— Aguente firme, Cam — sussurrou Bex lá de cima. — Eu...

— Não sabemos se Cammie faria alguma coisa impensada — prosseguiu a Sra. Baxter.

— Claro que faria. — Tia Abby riu. — *Eu faria*. Acreditem em mim. Cammie *nunca* poderá saber...

Antes que ela conseguisse terminar, senti a base do elevador de alimentos sumir de debaixo de mim quando, 3 metros fosso acima, a velha corda se rompeu, e eu caí, batendo nas paredes.

Houve um barulho alto quando o elevador de alimentos chegou ao fundo do fosso, se despedaçando em um milhão de partes e me jogando no chão da cozinha.

— Mas o que... — começou a gritar o Sr. Baxter.

Com um gemido, rolei de barriga para cima e me vi encarando um par de lindas botas de salto alto, pernas compridas e um rosto conhecido que olhou para mim e disse:

— Ei, Esguicho.

Capítulo Sete

— Cammie nunca pode saber do quê? — perguntei.
Bex estava ao meu lado, nós duas sentadas em cadeiras duras, de espaldar reto, olhando para os pais dela e para minha tia Abby. As mãos de Bex estavam queimadas por conta do atrito com a corda. Meu cotovelo estava sangrando. No entanto minha única preocupação era o que tinha levado a única irmã da minha mãe à Inglaterra e, mais importante...
— *Cammie nunca pode saber do quê?*
— Estão vendo? — disse Abby, apontando para nós duas. — Era exatamente disto que eu estava falando.
— É verdade. — O Sr. Baxter cruzou os braços e nos encarou. O tom dele não era de brincadeira quando completou: — Elas são um perigo.
— O que Cammie não pode saber? — perguntou Bex, preferindo, acho eu, deixar aquela coisa de *perigo* de lado por enquanto.
— Vá para a cama, Cammie — ordenou minha tia, falando exatamente como minha mãe.

— Não — respondi, falando exatamente como ela faria.

Tenho certeza de que estava prestes a surgir um buraco no *continuum* espaço-tempo quando Abby disparou:

— Cameron!

Eu já estava de pé.

— Então você sabe o que *você* faria no meu lugar, e conhece esse grande segredo... — Eu me inclinei sobre a mesa, quase que desafiando-a, e concluí: — Agora, imagine o que você faria se *não* soubesse de alguma coisa.

Até que era um bom desafio. Pude ver isso nos olhos de Abby. Após um momento, ela puxou uma cadeira do outro lado da mesa e se deixou cair nela. Tentei ignorar a rigidez de seus movimentos e o modo como ela manteve um dos braços cuidadosamente ao lado do corpo. Tentei não pensar que ela quase havia morrido.

Ela quase havia morrido.

Quase havia morrido.

— Pegamos um deles. — A voz de Abby me trouxe de volta. — Na noite das eleições... você estava inconsciente e eu... — ela não conseguiu terminar.

Minha tia quase havia morrido.

— Pegamos um dos membros da equipe de captura que foi atrás de você. — Ela apontou para o ponto em que havia tomado um tiro. — Pegamos o que fez *isso*. Há uma semana ele resolveu começar a falar.

Ao meu lado, senti Bex tremendo, sua impaciência se transformando em agitação.

— O que isso tem a ver com o Sr. Solomon?

— Rebecca! — repreendeu seu pai.

— O Círculo trabalha em células — prosseguiu Abby —, grupos pequenos e isolados. Dois agentes do

Círculo poderiam estar sentados lado a lado e não saber disso. O homem que prendemos sabe alguma coisa sobre as operações da célula, mas não muito. Ele não sabe nem por que eles querem pegar você, Cammie.

Ela me encarou, e senti meu coração parar.

— Só conhece as pessoas com quem trabalhava diretamente e...

Quando minha tia deixou a frase no ar, vi a Sra. Baxter ficar tensa. O marido levou a mão à boca, como se não suportasse pronunciar aquelas palavras.

— E conhece as pessoas que foram recrutadas com ele — acrescentou Abby, devagar. Ela baixou os olhos para o chão. — Quando ele estudava no Instituto Blackthorne.

Passei dias querendo respostas — eu havia implorado pela verdade. Mas agora ali estávamos, e eu não queria mais ouvir.

— Não. Isso é só o que o MI6 acha, por algum motivo, mas eles estão errados. Houve algum tipo de engano.

— Tentei me afastar, mas Abby se inclinou para a frente.

— Joe é um agente duplo, Cam. Foi recrutado pelo Círculo há muito, muito tempo.

— Como você pode dizer uma coisa dessas? — retruquei. — Ele é seu amigo.

— Ele também era amigo do homem que fez isto! — ela gritou, apontando para o ombro ferido. Parecia muito zangada, sentindo-se traída, e, quando voltou a falar, seu tom era suplicante: — Temos que acreditar nisso, Cammie. *Você*, mais do que todo mundo, *precisa* acreditar nisso.

— Mas... ele era da CIA... — Aquilo soaria infantil, mas mesmo assim eu tinha que dizer. Afinal de contas, eu ainda era uma criança. — Ele era nosso *professor*. Não era possível que estivesse trabalhando para o Círculo.

O Sr. Baxter se sentou ao lado de Abby, calmo.

— Pensem, meninas. Vocês sabem que ter agentes infiltrados na CIA seria uma prioridade para o Círculo. E um agente *na* Academia Gallagher... com tanto acesso a Cammie...

— Vocês estão errados — disse Bex.

— Essa é uma prática antiga e eficiente — falou a Sra. Baxter baixinho. — Recrutar agentes jovens, incentivá-los a passar as férias treinando com o Círculo, trabalhando para eles. E então mandá-los de volta para a escola. — Ela era tão equilibrada... tão boa, sábia e bonita que foi quase impossível duvidar de suas palavras quando ela se virou para nós e disse: — Mas não se enganem, meninas. Nós sabemos o que Joe Solomon fazia durante as férias de verão.

— E se ele tiver mudado? — desafiou Bex. — As pessoas mudam. Talvez ele não trabalhe mais para o Círculo.

— O Círculo não é a União dos Escoteiros — respondeu Abby. — Não é tão simples assim sair.

Ficamos um longo tempo em silêncio até eu enfim me dirigir a minha tia Abby:

— Por que você veio aqui hoje?

— Estava preocupada com você, Esguicho. Estava...

— Onde está *minha mãe*? — Percebi que estava elevando o tom de voz, mas não fiz nada para impedir.

— Ela está bem, Esguicho. — Abby olhou para mim. — Ela não pôde vir pessoalmente, por isso vim eu. Ela está bem.

— *Por que* ela não pôde vir? — explodi. — O que é tão importante que...

— Então muito bem — disse o Sr. Baxter, levantando-se da mesa e indicando que a sessão de perguntas e respostas daquela noite estava oficialmente encerrada. — É melhor vocês duas dormirem um pouco. Amanhã será um dia cheio. Teremos que acordar cedo para levá-las de volta à escola.

Amanhã. Escola. Bex e eu nos entreolhamos. Sem dizer nada, nós duas nos levantamos e nos dirigimos à porta. Roseville parecia a 1 milhão de quilômetros de distância.

— Abby? — Bex parou à porta e se virou, esperando que minha tia olhasse para ela. — Quantos anos... Quando se juntou a eles... quantos anos ele tinha?

O sorriso de Abby era tranquilo, porém triste. Ela engoliu em seco antes de responder:

— Dezesseis.

Capítulo Oito

Como Voltar à Escola
(Por Cameron Morgan e Rebecca Baxter)

- Lave as roupas. A propósito, isso é muito mais fácil quando você está na casa da sua avó em vez de um esconderijo do MI6 (porque, apesar de este último ter mecanismos de defesa muito mais legais, sua avó tem uma lavanderia muito melhor).

- Faça as malas. Nesse ponto, ficar em uma série de esconderijos diferentes é muito útil, porque, na verdade, as malas nunca foram desfeitas.

- Programe o despertador. Porque mesmo o relógio interno de uma Garota Gallagher tende a ficar instável quando se precisa lidar com uma grande quantidade de estresse e *jet lag*.

- Vista várias camadas de roupas. Porque aviões são sempre frios. Além disso, fica muito mais fácil mudar sua aparência e se livrar de um perseguidor se você puder se livrar do casaco.

- Verifique se está levando a redação que escreveu para Cultura e Assimilação, os códigos que quebrou para Criptografia e a pesquisa de Operações Secretas.

- Tire o trabalho de OpSec da bolsa. Pise nele. Chute-o. Jogue-o no lixo.

- Pegue-o do lixo e guarde na bolsa de novo. Só por garantia.

Foram precisos três aviões, dois utilitários e, em certo momento, uma van da Volkswagen com um cheiro muito suspeito, mas, dezesseis horas depois, eu me vi olhando, através de vidros à prova de balas, para as árvores sem folhas e para trechos de neve e gelo derretidos na Highway 10, que serpenteava pela mata.

Depois de três semanas vivendo como uma cigana num país estrangeiro, era particularmente estranho voltar para casa.

Casa.

— Está pensando no quê, Cam? — Bex me cutucou e sorriu.

— Ah, você sabe... *o de sempre* — respondi, o mais tranquilamente possível, sentada no banco de trás de uma limusine que não tinha nada de *usual*. (Eu tinha quase certeza de que ela havia pertencido ao presidente.)

— Vocês já estudaram vigilância veicular? — perguntou tia Abby.

Bex negou com a cabeça.

— É mesmo? — disse a Sra. Baxter, parecendo surpresa de verdade. — Achei que já tivessem estudado em...

Ela deixou a frase no ar, mas eu sabia o que iria dizer: Operações Secretas. OpSec. A aula do Sr. Solomon.

— Bem, não se deve deixar para amanhã o que se pode fazer hoje — disse ela, e cruzou as pernas. — Cammie, me diga o que você vê.

— Dois carros à nossa frente.

— Sim, carros líderes. — A Sra. Baxter acenou com a cabeça, aprovando, e depois se virou para a filha: — Bex?

— Um veículo escolta.

— Certo.

A mãe de Bex prosseguiu, citando as origens da vigilância e da proteção em movimento, algo sobre as carruagens da Roma Antiga e a morte de César, mas minha mente já estava vagando. Eu estava observando as dezenas de outros carros — limusines como a nossa (embora um pouco menos à prova de balas) — enfileiradas na estrada, esperando para levar minhas colegas de volta para dentro dos grandes portões da nossa escola.

— Nunca vi uma fila tão longa — disse Bex. Eu estava pensando a mesma coisa. — Os seguranças ainda devem estar de férias — brincou minha amiga.

Tia Abby se remexeu ao meu lado no banco, mas não disse nada.

Eu esperava que o carro fosse diminuir a velocidade e aguardar sua vez na fila. Mas a Sra. Baxter perguntou:

— Qual é a segunda regra da contravigilância?

— Resistir à rotina e às expectativas — Bex e eu respondemos no momento em que o Sr. Baxter jogou a limusine para a pista, fora da fila.

Senti o carro andar cada vez mais rápido, voando pela longa fila de carros.

A Sra. Baxter falou, igualzinho a Bex:

— Exatamente.

Eu *conheço* a Academia Gallagher. Quero dizer, não se estraga tantas camisas brancas quanto eu estraguei sem passar *muito* tempo rastejando pelos tubos de esgoto e passagens secretas. Portanto, à medida que nos afastávamos cada vez mais dos portões, eu tinha quase certeza de que na verdade estávamos nos dirigindo depressa para... lugar nenhum. Ou foi o que pensei até que o Sr. Baxter deu outro solavanco no volante e pegamos uma alameda que, juro, eu nunca tinha visto antes.

A boa notícia é que o carro era à prova de balas e de mísseis, e seus pneus eram preenchidos com borracha maciça em vez da usual câmara de ar, de modo que nunca, nunca furavam.

A má notícia é que eu estava começando a entender por que Bex dirigia tão mal, pois quanto pior ficava a estrada, mais o Sr. Baxter pisava no acelerador.

— Atalho — explicou tia Abby.

— *Para onde?* — eu e Bex perguntamos ao mesmo tempo.

O carro percorria a alameda a toda a velocidade, os pneus entrando e saindo de grandes buracos, espirrando lama na lataria. Galhos secos batiam nas laterais do veículo, e parecia que estávamos sendo engolidos pela floresta, indo na direção de um muro de pedra eletrificado e pelo menos uma dúzia das câmeras de segurança mais altamente calibradas do mundo.

— Agora? — perguntou o Sr. Baxter do banco da frente.

— Sim — respondeu Abby.

O Sr. Baxter apertou um botão no painel e pisou fundo no acelerador.

E pela segunda vez nas férias de inverno, vi minha vida (relativamente curta) passar como um filme diante dos meus olhos. Apertei a mão da minha melhor amiga, esperando pela batida que não aconteceu.

Acredite se quiser, mas eu nunca estive no lago da Academia Gallagher. Bem, nunca tinha estado. Até aquele momento.

Ainda não sei o que foi mais chocante — a sensação do carro subir uma espécie de rampa a 130 quilômetros por hora, a sensação de ser lançada no ar e sobrevoar a cerca dentro de uma limusine ou o baque repentino que acontece quando um veículo de duas toneladas mergulha embicado na água, os cintos de segurança retesados, nos prendendo no lugar.

Senti o carro pesado afundando. A água estava acima do capô na altura dos vidros, mas nenhum pingo entrava à medida que descíamos, para dentro da escuridão sombria do lago. Peixes passavam nadando pela janela, como se limusines caíssem do céu todos os dias — e nem tia Abby nem a Sra. Baxter pareciam minimamente preocupadas que nosso carro à prova de balas estivesse afundando.

Mas esperem. Um segundo depois eu percebi que *não estávamos* afundando.

Bex e eu nos inclinamos para a frente, observando o modo como os faróis da limusine cortaram a água quando um propulsor surgiu do porta-malas fazendo barulho, nos impulsionando pela escuridão como um submarino.

— AVISO: ÁREA RESTRITA. APENAS PESSOAL AUTORIZADO — anunciou uma voz mecânica aguda em estéreo, ecoando dos alto-falantes do carro.

— Mãe... — começou Bex, mas a Sra. Baxter apenas sibilou para que ela se calasse.

— ADQUIRINDO IMAGENS DE RETINA — disse a voz ao mesmo tempo em que uma luz laranja iluminou o carro como um relâmpago.

Espremi os olhos, e pareceu que cem minúsculos flashes se apagaram dentro deles.

— APRESENTEM IDENTIFICAÇÃO VOCAL, POR FAVOR — ordenou a voz.

Minha tia respondeu:

— Abigail Cameron. CIA.

— Abraham Baxter, MI6 — disse o pai de Bex no banco da frente.

Do meu lado, a mãe de Bex disse seu nome e depois me cutucou de leve nas costelas.

— Hum... Cameron Ann Morgan... Garota Gallagher?

Eu não tinha a menor ideia de qual era ou deveria ser meu título oficial. Alvo de terroristas internacionais? Adolescente? Espiã em treinamento? Pessoa que quer muito, muito saber o que está acontecendo?

Ouvi Bex dar a mesma resposta que eu, e depois o movimento parou. A água começou a baixar, como se o carro estivesse saindo do lago, mas a luz do sol não entrava pelas janelas. Olhei pelo vidro blindado e vi os faróis iluminarem um paredão de pedra. Em seguida as portas do carro se abriram automaticamente, tia Abby saltou e nada em meus 16 (quase 17!) anos nem em meus cinco anos e meio de treinamento havia me preparado para o que vi.

— Há cavernas no fundo do lago? — conjecturei, mas a mãe de Bex já estava fora do carro, se dirigindo para o porta-malas.

Toda a minha vida eu tinha ouvido falar de cavernas e canais subterrâneos, mas nunca imaginei que estivesse vivendo bem ao lado de um deles. Olhei as estalactites e estalagmites que cobriam o teto e o chão da caverna. Atrás de nós, o piso se inclinava em direção à água do lado. Minha melhor amiga e eu estávamos numa costa subterrânea, e me lembrei que eu não conhecia todos os segredos da minha escola — nem de longe.

Antes que eu me desse conta, o Sr. Baxter já havia tirado nossas malas do carro, e sua esposa abraçava Bex, sussurrando em seu ouvido. Eu ainda estava tentando absorver a visão daquela caverna longa e escura, que se estendia para muito além do alcance dos faróis.

Dei um passo em direção à parede e passei os dedos pelo símbolo da Academia Gallagher entalhado na pedra.

— Tchau, querida — disse a Sra. Baxter.

Eu me virei, e ela me abraçou e me deu um beijo no rosto. Em seguida tia Abby pôs as mãos nos meus ombros.

— Cammie, espere um momento. Antes que você vá a qualquer lugar, preciso que me prometa uma coisa.
— Tudo bem.
— Você tem que tomar muito cuidado neste semestre. — Percebi que minha tia não parecia ela mesma. Falava igual ao Sr. Solomon. — Cam, está me ouvindo?
— Sim... eu sei.
— Não corra riscos desnecessários.
— Eu sei.
— E, Esguicho, você precisa ser... forte.

Eu já ia repetir que sabia, mas compreendi outra coisa.

— Você não vem, não é? — perguntei.

Abby desviou os olhos de mim para os Baxter e de volta para mim.

— Aqui é o mais longe que vou.
— Mas achei que talvez você... Não teremos mais professor de OpSec.
— Claro que terão, Esguicho. — Ela deu um sorrisinho. — Claro que terão.

Capítulo Nove

— Os armários de arquivo do Dr. Fibs? — murmurei cinco minutos depois, ainda um pouco chocada, para falar a verdade.

Mas também, como uma garota deveria se sentir depois de andar num elevador subaquático, passar por mais seis identificadores (dois de retina, três de voz e um scanner de corpo inteiro), e depois subir 15 metros por uma escada frágil que parecia mais velha que a própria escola?

Pois é, "chocada" define bem. Mas isso não impediu que eu examinasse a passagem secreta pela qual tínhamos acabado de sair.

— Eu nunca soube que havia uma passagem atrás dos arquivos do Dr. Fibs!

— E é só por isso que ela ainda está ativa.

Bex e eu nos viramos e vimos a professora Buckingham atrás de nós, parada de braços cruzados na porta da sala mal-iluminada, parecendo o obstáculo mais assustador de todos.

— Cameron, Rebecca, venham comigo.

Há três coisas importantes a saber sobre Patricia Buckingham. 1) Ela é a pessoa mais velha do corpo docente. 2) É uma verdadeira lenda no MI6. 3) Ela anda mais rápido do que seria humanamente possível para quem tem problemas no quadril. Pelo menos era o que parecia enquanto Bex e eu arrastávamos nossas malas pesadas escadas acima, tentando acompanhá-la.

— Espero que suas férias tenham sido boas, senhoritas. — Ela olhou de relance para nós. — Ou tão boas quanto possíveis, dadas as circunstâncias.

— Professora! — chamou o Sr. Mosckowitz do alto da escadaria. — Eu preciso...

— No meu escritório. Segunda prateleira — respondeu ela, sem hesitar. — Pediram-me que lhes informassem três coisas importantes. A primeira é que o que aconteceu em Londres é altamente confidencial. Qualquer coisa que vocês tenham visto... — Ela parou e olhou para nós por cima dos óculos. — Quaisquer *conversas* que tenham tido não devem ser repetidas para ninguém... especialmente suas colegas. Essas são histórias que vocês não vão compartilhar dentro da escola.

Bex me deu uma olhadela, e eu entendi que ela também tinha ouvido a brecha. Provavelmente foi por isso que a professora Buckingham não perdeu um segundo sequer antes de acrescentar:

— A segunda coisa é que não haverá mais passeios para fora da escola. — Ela se virou para continuar subindo a escada. — Extracurriculares ou de qualquer tipo.

Enquanto subíamos, ela se virou para mim.

— Tenho certeza de que não soubemos de alguns, Cameron. E, se for verdade... bem... espero que você nos conte.

Antes que eu pudesse perguntar exatamente do *que* eles não souberam, parei no meio do caminho, me virei para a parede e olhei uma moldura que, antes, quando era girada, se abria para uma passagem secreta que levava ao celeiro onde tínhamos aula de Proteção e Cumprimento da Lei. A entrada agora estava fechada — um muro de pedra a bloqueava para sempre.

No corredor do primeiro andar, passamos pelo lugar onde um antigo relógio de pêndulo escondia um alçapão para o sistema de ventilação original da mansão...

Perto da biblioteca, olhei para a estante que girava e revelava uma escada de corda que se estendia do porão até o telhado...

Mas isso tinha acabado. Todas as passagens estavam fechadas.

A professora Buckingham deve ter lido a minha mente, porque parou no topo da Grande Escadaria e me olhou com atenção.

— Cameron, acredito que você vá achar que muitas coisas estão diferentes.

No saguão abaixo de nós, havia seguranças armados escaneando as impressões digitais de minhas colegas, revistando sua bagagem. As janelas de vidro temperado que eu tanto amava tinham sido cobertas com vidro à prova de balas. A mansão Gallagher havia enfrentado centenas de anos de tempestades, ataques de cupins e alunas do sétimo ano superexaltadas, mas, naquele momento, eu soube que minha escola havia sido ferida e a única coisa que eu podia fazer era ficar parada ali, olhando suas cicatrizes.

— Eles fizeram tudo isto por minha causa?

Eu não tinha certeza de como eu devia me sentir com relação a isso — lisonjeada, segura ou apenas muito, muito culpada.

Os corredores estavam silenciosos. A seção de História estava escura. Abaixo de nós, nossas últimas colegas estavam sendo autorizadas a entrar em casa, mas nada naquele lugar à minha volta se parecia com o lar que eu havia deixado.

Bem... até eu ouvir o grito.

— Vocês estão atrasadas!

Sem dúvida era a voz de Liz. Seu sotaque estava mais carregado, como sempre acontece depois das férias. Ainda assim, quando me virei e olhei para a loura pequenininha que estava na entrada da seção de História, com as mãos nos quadris, definitivamente *não* era aquilo que eu esperava ver, porque Elizabeth Sutton, supergênia e uma amiga incrível, estava *zangada*.

Não zangada como sempre fica quando dorme demais e acorda às 6h05 da manhã para estudar, em vez de seis em ponto; não zangada como fica quando Bex implica com ela por causa de seu sistema patenteado de estudos por meio de fichas coloridas e codificadas. Nem mesmo como fica quando descobre que um professor não vai passar trabalhos valendo créditos extras.

Liz estava zangada como eu nunca a tinha visto quando olhou para nós duas e jogou os braços para o alto.

— Eu estava tão preocupada!

Correu para nós como uma bala, nos abraçando, apertando com mais força do que eu achava humanamente possível (bem... quando o ser humano em questão é Liz). Eu teria me sentido bastante fraca não fosse o fato de Bex também estar totalmente desconjuntada.

— E aí, Lizzie — disse Bex, com o pouco fôlego que conseguiu tomar. — As férias foram boas?

Mas duvido que Liz ao menos tenha ouvido.

— Por que vocês não me ligaram? Por que não mandaram e-mail, carta ou... — Ela se afastou, depois olhou de mim para Bex. — Fiquei dizendo a mim mesma que vocês provavelmente estavam ocupadas, se divertindo e... bem. Assim sendo voltei, vi todas estas novas medidas de segurança e fiquei tão *preocupada*!

Antes que eu pudesse dizer qualquer coisa, Liz voltou a nos apertar numa gravata dupla e respirava profundamente. Então, com a mesma rapidez, ela saltou para longe.

— O que aconteceu? Aonde foram? O que viram?

— Liz, nós...

— Creio que seja confidencial — interveio a professora Buckingham, olhando para mim.

— Tudo? — perguntou Liz.

— Tudo — Bex e eu respondemos juntas.

— Patricia! — o Sr. Smith subia as escadas correndo. — Estamos prontos para começar o...

— Já estamos indo! — retrucou ela, sem nem olhar. Estava ocupada demais me encarando.

— Três coisas — falei. — A senhora disse que havia três coisas.

— Sim, Cameron. Pediram-me que lhe avisasse que sua mãe está temporariamente detida.

— Mas...

— Ela está bem... posso lhe garantir. É só um atraso. Mas ela ainda vai demorar um pouco.

— Patricia, parece que Harvey acha que só teremos uma chance, então...

Nosso professor de países do mundo fez um gesto como quem dissesse *vamos logo com isso*. Em seguida a professora Buckingham apontou para as escadas.

— O jantar de boas-vindas já vai começar. Podem ir, meninas.

— Mas... — comecei a falar, porém esqueci o que ia dizer. Porque, no saguão abaixo de nós, madame Dabney estava ajudando uma veterana a explicar aos seguranças por que ela tinha um sabre do século XV em sua bagagem. No fim do corredor, o Dr. Fibs reclamava que a entrada para o laboratório do sétimo ano havia mudado e ele não conseguia encontrá-la. A Academia Gallagher estava mais forte que nunca — tecnicamente. Fisicamente. Ainda sim, eu quase podia senti-la desmoronar.

— E, Cameron — disse a professora Buckingham do alto das escadas. — Bem-vinda ao lar.

Quando subimos para nosso quarto, tentei não contar as passagens secretas que devíamos ter visto, mas não vimos (4); ou as calouras que, ao me ver, pararam de repente e cochicharam (6); ou o número de portas com abertura por impressão digital que tivemos que atravessar até chegar à nossa suíte (9).

Tentei me concentrar no quão bonito estava o cabelo de Liz (porque, ao contrário de mim, ela pode muito bem usá-los na altura dos ombros). Concentrei-me em meu corpo cansado por causa da diferença de fuso horário e no meu estômago que roncava (porque, apesar de os esconderijos do MI6 serem muito seguros, não são lá tão bem-abastecidos de comida, se você quer saber).

— Então voltei um dia antes, para mostrar ao Dr. Fibs a fórmula do meu novo soro da verdade — disse Liz, com os olhos brilhando. — É dez vezes mais eficaz que o pentotal de sódio... e deixa os dentes mais brancos... e...

— Esperem — falei, parando diante da porta da suíte que dividíamos desde o sétimo ano, sabendo... sentindo que...

— Alguma coisa está diferente — disse Bex, passando por mim e entrando no quarto.

As camas estavam feitas. As cortinas estavam abertas. Tudo estava exatamente como deveria, só que... não estava. Havia pegadas no tapete recém-aspirado, um leve cheiro de café e colônia.

Eu estava dando um passo em direção ao banheiro escuro, procurando a luz, quando Bex gritou:

— Espere!

Mas era tarde demais. Senti a mão de alguém agarrar meu pulso com força. Vi a sombra no espelho do banheiro, aproximando-se no escuro. E não hesitei: dei um passo atrás e agarrei o braço que me segurava, girando, usando o impulso de meu oponente para lançá-lo pela porta do banheiro para o outro lado do quarto.

Ele bateu contra uma penteadeira e derrubou uma luminária no chão, espatifando-a. Nesse momento lá estava Bex, atacando com um chute perfeito. O homem se esquivou depressa, evitando o golpe por poucos centímetros.

Ele ergueu as mãos e abriu a boca para falar, mas antes que pudesse dizer uma palavra, uma mala Louis Vuitton passou voando pelo quarto e o acertou no rosto, jogando-o no chão como uma pedra.

— Ei, Macey — consegui murmurar, por entre os cabelos de Bex, enquanto minha melhor amiga me imprensava num canto do nosso quarto. — Foi um bom...

— Não se mexa — alertou Macey.

Não tive certeza se ela estava falando comigo ou com o homem caído a seus pés com sangue escorrendo do nariz inchado. Macey McHenry é uma das garotas mais lindas do mundo, mas sua expressão não estava bonita naquele momento. Estava assustadora.

Ainda assim, o homem a seus pés não tremeu. Não lutou. Apenas balançou a cabeça e disse:

— Eu não faria isso se fosse você.

Segui seu olhar até o canto do quarto, onde Liz tentava decidir se devia ou não apertar um grande botão vermelho na parede identificado como ALARME DE PÂNICO: USE APENAS EM EMERGÊNCIAS. Eu nunca tinha visto aquilo, mas estava quase certa de que acioná-lo traria toda a força da Academia Gallagher para a nossa suíte.

— Tem um estranho no nosso quarto, Liz. Aperte o botão! — ordenou Bex (um pouco irritada por não ter sido ela a acertá-lo com a mala).

— Não — disparei.

Olhei para além do sangue e do nariz inchado, focando nos olhos azuis que eu tinha visto pela última vez me encarando do outro lado de uma mesa fria de metal.

— É isso aí. — O homem estava quase sorrindo quando olhou para nós quatro e disse: — Não sou um estranho. Sou, Srta. Morgan?

Capítulo Dez

OK. Tecnicamente, eu já o *tinha visto* uma vez antes, mas ele ainda era um completo estranho. Afinal, não me dissera seu nome em Londres — nada de posto nem de número de identificação. Eu sabia que ele tinha um nível de permissão suficiente para estar numa instalação altamente secreta do MI6 e numa escola tão secreta quanto. No entanto, se eu não conhecia Joe Solomon, então não conhecia homem algum. Sobretudo aquele.

Infelizmente, saber de uma coisa e convencer Liz disso são coisas bem diferentes.

— Mas por que era *ele* que estava fazendo a inspeção de segurança do nosso quarto? — insistiu ela, depois de termos vestido os uniformes e começado a descer. — Ele é da equipe de segurança?

— Não sei, Liz — confessei. — É só um agente que encontrei em Londres.

Liz estava praticamente correndo para acompanhar meu passo, segurando no corrimão.

— Então ele era da equipe que fazia a sua proteção?

Olhei para Bex e dei de ombros.

— Não exatamente.

— *Você* o encontrou? — perguntou Liz para Bex.

— Não — respondeu ela, sincera. — Não encontrei.

— Você a deixou sozinha?

Eu quase tinha me esquecido de que Macey estava lá, para falar a verdade. Ela estava tão calada, andando à nossa frente, mas agora parou no pé da escada, olhando para Bex.

— Achei que tivéssemos combinado... — começou Macey, mas se deteve de repente.

— Combinado o quê? — perguntei, mas não tive resposta. — O quê? — insisti. — Vocês se reuniram antes das férias e combinaram nunca me deixar ir a lugar nenhum sozinha? Ou foi mais um acordo para observar meu humor e meu comportamento, para que pudessem avisar a alguém se eu estivesse prestes a explodir e cometer alguma estupidez?

Minhas três melhores amigas se entreolharam como se tivessem desaprendido a falar. Por fim, Bex disse:

— As duas coisas.

As imensas portas duplas do salão nobre estavam abertas. Senti cheiro de pão fresco e ouvi centenas de garotas falando, rindo. Eu estava em casa. Após semanas fugindo e me escondendo, eu finalmente estava em casa. Mas, ao olhar para minhas colegas de quarto, lembrei que ser uma Garota Gallagher não tem a ver com estar num prédio. Tem a ver com irmandade.

Então me dei conta de que eu nunca havia partido.

— Ela não me deixou sozinha, Macey. Eles me levaram para interrogatório um dia, e foi ele quem fez as perguntas. — Dei um passo em direção ao salão nobre, lançando um sorriso para minhas amigas. — Ela não me deixou sozinha.

Quatro coisas passaram pela minha cabeça quando me sentei no lugar de sempre na mesa do segundo ano. 1) Estar na estrada em um país estrangeiro é o suficiente para fazer uma garota sentir falta da comida do nosso incrível chef. 2) As janelas do salão nobre foram cobertas com uma substância que provavelmente resistiria ao ataque direto de um míssil. 3) Os pacotes de adoçante em cima da mesa exibiam o aviso "Não contém psicotrópicos".
Mas o que eu realmente não esperava foi a quarta: silêncio. Assim que me sentei, pareceu que toda a mesa — todo o salão — parou de falar.
Apenas Bex pareceu imune ao silêncio ao passar suas pernas compridas sobre o banco e se sentar ao lado de Macey.
— Todas tiveram boas férias?
Ela pegou a jarra de água no centro da mesa e encheu seu copo. Ainda assim, o silêncio persistiu.
— Eu perguntei — disse Bex, devagar — *se todas tiveram boas férias*.
— Sim.
— Com certeza.
— Ah-hã. — Todas se apressaram a responder, mas os olhos de minhas colegas... os olhos continuavam voltados para mim: Cameron Ann Morgan, não mais o Camaleão.
Em seguida, com a mesma rapidez, seus olhares se dirigiram a Tina Walters.

— Hum, e aí... Cammie — começou ela —, como foram as *suas* férias?

— Foram maravilhosas, Tina. — Bex respondeu por mim. — Obrigada por perguntar.

Ao dizer isso, ela manteve as costas perfeitamente eretas. Agitou suavemente um guardanapo de linho para abri-lo e o estendeu no colo. Madame Dabney teria ficado muito orgulhosa se estivesse ali, mas não estava — nenhum dos professores estava —, e talvez tenha sido por isso que Tina se sentiu segura de pôr os cotovelos na mesa e se inclinar para a frente.

— Mas eles... você sabe... os pegaram? — perguntou ela, possivelmente porque era filha de um espião e de uma colunista de fofocas e não iria descansar até ouvir toda a história. Ou quem sabe estivesse apenas esperando uma versão *diferente* da que, sem dúvida, havia sido contada para todas as garotas no Salão Nobre (recentemente reforçado).

— Não, Tina — falei, com cuidado —, não os pegaram. Ainda.

— Mas eles têm um bocado de pistas quentes, não têm? — perguntou Eva Alvarez.

— Claro que têm.

O olhar de Bex encontrou o meu, as palavras não ditas pairando entre nós: *e seu nome é Joseph Solomon.*

— É, tenho certeza de que sua mãe e o Sr. Solomon vão descobri alguma coisa a qualquer momento — disse Anna Fetterman.

Olhei em torno do salão nobre, assimilando, pensando, percebendo que ninguém tinha ouvido boato algum.

Nenhuma das minhas colegas havia entreouvido seus pais sussurrando sobre agentes duplos no meio da noite.

— É — repetiu Anna. — O Sr. Solomon vai pegá-los.

Ela concordou com a cabeça, sorriu e parecia muito certa do que estava dizendo.

Eu assenti, sorri e tive vontade de chorar.

Para elas, o Sr. Solomon não era um garoto de 16 anos que havia se juntado ao Círculo. Ainda era o homem que tinha entrado pelas portas duplas daquele salão um ano e meio antes.

Eu me virei, olhei para as portas e quase pulei de susto quando elas se abriram — como se eu tivesse desejado que se abrissem, voltado no tempo. Eu meio que esperei ver Joe Solomon entre os professores enfileirados que faziam sua entrada formal pelo corredor central. Senti o ambiente à minha volta mudar quando, uma a uma, minhas colegas contavam os professores, observavam a fila e notavam que estava faltando alguém.

Eu estava com os olhos baixos para a mesa, incapaz de olhar, quando Tina perguntou:

— Ei, cadê a diretora Morgan?

A professora Buckingham tinha dito que ela ainda não havia voltado. Que estava detida... atrasada. E atrasada significava chegar mais tarde. Atrasada significava que "voltaria num instante".

Ela não tinha dito *partido*.

— Ela tem que estar aqui — falei, categórica, certa de que Tina não havia olhado direito. — Minha mãe *tem* que ter voltado a esta altura — falei, embora a professora

Buckingham estivesse se encaminhando para trás do púlpito na frente do salão.

Eu estava de pé, desesperada para ter uma visão melhor, quando ela perguntou:

— Mulheres da Academia Gallagher, quem são vocês?

Ao que todas as garotas também se puseram de pé e responderam em coro:

— Somos irmãs de Gillian.

— Por que vieram?

— Para aprender suas habilidades. Honrar sua espada. E guardar seus segredos — responderam minhas colegas, mas eu não disse nada.

Estava muito ocupada encarando a professora Buckingham, orgulhosamente de pé atrás da insígnia da Academia Gallagher, como se aquele fosse o seu lugar... o seu trabalho.

— Sejam bem-vindas de volta, senhoritas. Tenho alguns comunicados — disse ela, sem nenhum traço de emoção, como fizera na seção de História ao me avisar que minha mãe estava detida.

— A diretora Morgan não poderá estar conosco esta noite, portanto é meu dever informar-lhes que Joe Solomon não será o professor de Operações Secretas neste semestre.

Foi exatamente o que ela disse — sem desculpas nem explicações. Um arquejo se fez ouvir no salão.

— Felizmente, a Academia Gallagher tem uma longa lista de ex-alunos e amigos dentre os quais pode escolher seus professores. Portanto, tenho o prazer de dar as boas-vindas a um agente que se destacou em muitos continentes, trabalhando em algumas das circunstâncias mais difíceis que se pode experimentar nos serviços secretos.

É claro que eu sabia o que ela ia dizer. Parte de mim soubera assim que senti aquela mão no meu braço e ouvi aquela voz — muito antes de Liz fazer todas aquelas perguntas. Quando me virei, vi aqueles olhos azuis olhando para mim. E ouvi a professora Buckingham dizer:

— Por favor, deem as boas-vindas a Edward Townsend.

Enquanto via o homem de Londres percorrer o corredor central, centenas de pensamentos me vieram à cabeça: Quem é esse cara na verdade? O que ele quer conosco? Será que uma mala pode mesmo fazer todo aquele estrago? Mas foi Liz quem perguntou o que eu e todas as minhas colegas de quarto estávamos pensando.

— Nós não gostamos dele, não é?

— Não — Bex respondeu por mim, enquanto nosso novo professor de OpSec caminhava para a frente do salão. — Acho que não.

Ele olhou diretamente para mim ao passar, mas não piscou — não sorriu. (Provavelmente ele apenas não queria dar as costas para Macey.)

— Isso deve ser uma coisa boa, Cam. — Eu podia sentir Liz me encarando. — O único motivo para sua mãe e o Sr. Solomon perderem o início das aulas seria se estivessem muito perto de descobrir algo importante. Eles vão descobrir e logo estarão de volta. Aposto que o Sr. Solomon está prestes a pegar o Círculo. — Ela olhou para mim. — Não é?

Sei que isso vai soar estranho, mas, quando se é uma espiã, sua vida não se define pelas mentiras que você conta, mas pelas verdades que diz. Uma mentira não mudaria nada. Eu me sentei, zonza, sabendo que a verdade... me libertaria.

E foi assim que encontrei forças para sussurrar:

— O Sr. Solomon é o Círculo.

Capítulo Onze

Uma hora mais tarde, em nosso quarto, foi Bex que contou a história sobre a Torre, o Círculo e o olhar nervoso e o tremor de nosso professor na ponte. Parecia com uma daquelas histórias que ela trazia aos montes quando voltava das férias, mas essa, eu sabia, era verdadeira.

— Ele tinha 16 anos? — Vi Liz acrescentar esse número a alguma fórmula em sua mente, depois balançar a cabeça, como se aquele dado não se encaixasse. — Não, ele não poderia ter sido mau. Quero dizer, *não pode* ser. Ele tem... quero dizer, ele tinha...

— A nossa idade — Macey terminou por ela.

Um dos lados negativos de estudar em uma escola onde eles lhe ensinam que você é capaz de tudo é que, com o tempo, você começa a acreditar nisso. Mas nenhuma de nós nunca tinha se achado capaz daquilo.

— Como alguém da nossa idade vai trabalhar para o Círculo? — perguntou Macey, incrédula.

— Blackthorne — respondi, simplesmente. — O Círculo recruta no Blackthorne.

— Cammie, não — começou Liz, já percebendo minha linha de raciocínio. — Zach não é...

— Mas *pode* ser ele. Os fatos são: sabemos que o Círculo recruta no Blackthorne. Sabemos que Zach estava em Londres. E em Washington. E em Boston. Zach sabia que o Círculo estava atrás de mim antes que *nós* ao menos soubéssemos da existência do Círculo. — Baixei os olhos para minhas mãos. — E sabemos que Zach sempre foi próximo do Sr. Solomon. Os dois sempre souberam demais.

— Não, Cam — Macey me interrompeu. — Pare com isso. Mesmo que o Sr. Solomon seja um agente duplo ou algo assim, isso não quer dizer que Zach também seja.

— A mãe de Bex disse que ter alguém na Academia Gallagher... alguém próximo a mim... seria de alta prioridade. — Eu ri com tristeza. — E Zach chegou bem perto.

— Cam, isso não significa nada. — Liz se aproximou de mim depressa. — Talvez o Sr. Solomon tenha trabalhado para o Círculo, mas agora...

— Ele é do bem? — arrisquei.

— É — disse Liz.

— Pessoas do bem não pulam de pontes para dentro de rios no meio do inverno, com a intenção de fugir de outras pessoas do bem — respondi. — Além disso, realmente não acho que o Círculo ofereça aposentadoria precoce.

— OK, Joe Solomon é um traidor... — disse Macey, com a mesma simplicidade com que diria "Joe Solomon fica bem de gola rulê". — Você acha mesmo que ele também é *burro*? — Ela deu um passo em minha direção. — Pense, Cammie. Por que o Sr. Solomon estava lá?

— Ele me disse que eu tinha que seguir os pombos.

— Seguir o quê? — perguntou Liz.

— Ele não estava falando coisa com coisa. — Respirei fundo. — Num segundo ele estava me dizendo para correr, e depois... vocês sabem.

— Você está dizendo que um dos melhores agentes secretos da CIA, sem falar que é um dos homens mais procurados do mundo, furou a vigilância do MI6 só para mandar você seguir os pombos? — Macey não tentou esconder sua incredulidade.

— Foi — falei. — Ele disse que tinha que me ver antes que eu voltasse para a escola e que eu tinha que *seguir os pombos*.

— Diga-me uma coisa, Cam. — Macey passou o braço em volta do meu ombro. Ela parecia muito mais alta do que eu. — Você acredita que o Sr. Solomon esteja trabalhando para o Círculo?

— Abby e os Baxter acham que sim.

— O que *você* acha? — insistiu Macey.

— É verdade — Bex respondeu por mim, encostando-se na parede, de braços cruzados. — Meus pais me levam com eles em missões desde antes de eu aprender a andar. Nunca mentiram para mim antes. Não iam começar a mentir agora. — Ela se virou e olhou diretamente para mim. — Abby nunca mentiria para *você* a respeito disso.

Às vezes, eu detesto quando minhas amigas estão certas. Infelizmente, isso acontece *muito*.

— Mas, Bex, seus pais não estavam lá na noite das eleições — ponderou Macey. — Abby estava, mas praticamente morta. Cam, você estava dopada, praticamente inconsciente, então também não se lembra... mas eu, sim. — Ela estremeceu de leve. — Eu me lembro de tudo. Todos estavam preocupados naquela noite, mas o Sr. Solomon estava apavorado. Ele estava tão preocupado com você quanto sua mãe.

— O Sr. Solomon trabalha para o Círculo desde os 16 anos! Ele finge bem — desafiou Bex.

Macey balançou a cabeça.

— Ele não estava fingindo.

— Você não tem como saber — disse Bex.

Macey riu baixinho.

— Reconheço um falso amor quando o vejo.

Eu não sabia o que dizer, por isso escorreguei até sentar no chão e apoiei os braços nos joelhos, de repente me sentindo cansada demais para o primeiro dia de aula.

Do outro lado do quarto, Liz estava imóvel sentada em sua cama, ponderando, esperando para dar o voto de Minerva. Quando falou, foi em voz baixa:

— Cam, onde está sua mãe?

— A professora Buckingham disse que ela está temporariamente detida. Seja lá o que isso signifique. — Suspirei. — Ela nem foi à Inglaterra depois de... tudo.

— Eu queria que ela estivesse aqui — confessou Bex. — Eles estão nos escondendo alguma coisa.

Vi a imagem de Zach, sua respiração virando fumaça ao dizer *Eles sabem mais do que nós*. Mas minha mãe havia sumido. Os Baxter e Abby estavam a milhares de quilômetros de distância. Naquela manhã, Bex e eu tínhamos ido embora da Inglaterra, para longe de qualquer chance de conseguir respostas... Exceto...

Sorri.

— Cam — disse Liz, baixinho —, o que foi?

— Townsend.

— O que tem ele? — perguntou Liz. — Você acha que ele vai ser um bom professor?

Balancei a cabeça.

— Você o achou gato? — Macey quis saber.

Eu ri.

— Então *por que* você está sorrindo? — A voz de Liz ficou uma oitava mais aguda, mas eu apenas olhei para ela, pensando num arquivo sobre uma mesa de metal e em olhos que pareciam saber de tudo.

— Acho que ele *sabe das coisas*.

Capítulo Doze

Relatório de Operações Secretas
Quando as agentes Morgan, McHenry, Baxter e Sutton (daqui para a frente referidas como as Agentes) voltaram à Academia Gallagher para o segundo semestre do segundo ano, descobriram que havia uma mãe-agente-diretora ausente, um ex-professor foragido, e um novo membro do corpo docente alto, misterioso e arrogante que provavelmente sabia mais do que estava dizendo.

As Agentes estavam decididas a fazer com que ele falasse.

O primeiro dia do semestre começou como todos os outros.

O Sr. Smith fez um ótimo jogo de perguntas e respostas sobre os regimes políticos mais instáveis do mundo e as cinco principais formas de derrubar cada um deles. No meio da manhã, madame Dabney distribuía cartões identificadores de lugares e nos instruía a preparar o mapa de assentos para um jantar de Estado incluindo dois embaixadores, cinco senadores e três agentes duplos que podem estar vendendo tecnologia nuclear para quem der o maior lance.

Mas naquela manhã de segunda-feira, ao sair da sala de chá de madame Dabney, não pude deixar de pensar que nada nunca mais seria "típico".

— É isso. Agora é oficial! — Tina Walters sussurrou para mim. — Joe Solomon está em missão.

Lancei um olhar ansioso para Bex, mas Tina prosseguiu lentamente, saboreando cada palavra.

— De acordo com as minhas fontes, ele não foi recrutado por nenhuma agência auxiliar. Ele também não aparece na lista dos agentes em ação. E também não é o tipo para operações secretas *oficiais*, então, onde quer que ele esteja... nosso professor está numa missão ultra, ultrassecreta.

Toda a turma do segundo ano pareceu suspirar, e reconheci o olhar que se espalhava pelo pequeno hall. Parecia impossível, mas Joe Solomon tinha acabado de se tornar mais descolado. E sexy.

— Cam, aposto que ele e a sua mãe estão em alguma missão ultrassecreta e perigosa — disse Courtney Bauer, quando chegamos ao corredor principal do segundo andar.

— É. — A voz de Anna Fetterman tinha um tom sonhador. — Aposto que sua mãe e o Sr. Solomon irão encontrá-los. Aposto...

Anna prosseguiu, porém me desliguei, mal registrando os sons de minha escola — as portas batendo e as garotas correndo. Olhei para o meio do saguão no andar de baixo, onde meia dúzia de professores estavam agrupados tão próximos, de um jeito que eu nunca tinha visto antes.

— Cam? — chamou Anna. — Você está bem?

Um a um, os professores no saguão começaram a se afastar e a caminhar pelos corredores ou subir as escadas.

— Cam? — repetiu Anna, mais alto.

— Desculpe, Anna — murmurei. — Eu... tenho que ir.

A professora Buckingham já estava no alto da Grande Escadaria, encaminhando-se para a seção de História, quando gritei:

— Professora? Professora Buckingham!

— Pois não, Cameron? — Ela não falou de modo brusco, mas suas palavras soaram aborrecidas. Ela parecia cansada, ali parada ao lado da espada que havia pertencido a Ioseph Cavan. — Posso ajudá-la com alguma coisa?

Eu queria saber por que minha mãe não estava acessível para ninguém, nem para mim. Queria perguntar como aquela história do Sr. Solomon podia ser verdadeira. Mas havia apenas uma coisa que eu sabia que não tinha problema se eu perguntasse...

— É primavera — falei.

— É mesmo? — A professora Buckingham deu uma olhada para a janela, salpicada por uma chuva gelada.

— Quero dizer, é o segundo semestre. No outono a senhora me disse que, na primavera, poderia me ensinar sobre o Círculo de Cavan. E... é primavera.

À nossa volta, garotas entravam nas salas de aula e cruzavam as portas da frente para ir à aula de P&CL. Os corredores ficavam silenciosos. A escola retomava suas atividades — a vida voltava ao normal. Mas, atrás de Patricia Buckingham, a porta do escritório de minha mãe continuava fechada.

— O currículo do segundo ano é muito puxado, Cameron, querida — disse ela.

— Eu sei, é por isso que...

— Você precisa se concentrar e aprender o máximo que puder.

— Eu sei, mas o Círculo é...

— Cameron, as lições ensinadas nesta escola são fundamentais para enfrentar os males do mundo... não importa como o mal se intitule. *Você tem que aprender essas lições* — disparou ela, e eu entendi que não era um aviso. Era uma ordem. E ela estava certa. Minha aulas não eram menos importantes agora. Nem de longe.

— E mesmo que não fosse assim, temo que haja um bom número de... assuntos *urgentes* que requerem minha atenção no momento.

E então entendi: pela primeira vez desde que podia me lembrar, nossa mais velha professora parecia... velha.

Suas mãos estavam secas. Os olhos, inchados. E eu podia jurar ter ouvido sua voz falhar quando ela disse:

— Agora, se não me engano, você está atrasada para a aula de Operações Secretas. Você não vai querer deixar nosso mais novo professor esperando.

Capítulo Treze

Disparando pelos corredores em direção ao elevador para o Subsolo Dois, tentei me concentrar no que tinha que fazer.

1. Descobrir o que o agente Townsend sabia sobre minha mãe, o Sr. Solomon e o Círculo da Cavan (se é que ele sabia de alguma coisa).

2. Descobrir se o agente Townsend faria provas teóricas ou práticas e como me dar muito bem em cada uma delas. (Porque ser o alvo de uma organização terrorista internacional não é desculpa para deixar a sua média cair.)

Quando cheguei ao pequeno corredor embaixo da Grande Escadaria e ao largo espelho que deveria deslizar para o lado e revelar o caminho para as aulas de Operações Secretas, pressionei minha mão nele e esperei que os olhos da pintura atrás de mim acendessem sua luz verde. Mas o vidro continuou frio sob minha mão e nada aconteceu.

Era minha primeira aula com o agente Townsend, e eu *já* estava atrasada. Cheguei a bater no espelho, como se houvesse alguém do outro lado, esperando para me deixar entrar.

Nada.

Eu me virei para me dirigir a um dos outros elevadores quando vi: um pequeno pedaço de papel colado à parede, com uma mensagem cuidadosamente digitada.

ATENÇÃO ALUNAS: OS SUBSOLOS PERMANECERÃO FECHADOS ATÉ SEGUNDA ORDEM. TODAS AS AULAS DE OPERAÇÕES SECRETAS ACONTECERÃO NA SALA 132.

Eu não sabia o que estava acontecendo. A única coisa de que tinha certeza era que estava atrasada, então dei meia-volta e disparei pelo corredor vazio, passei pela biblioteca e pela sala dos alunos — até a sala de aula que, no fim do semestre anterior, não era nada mais que um depósito. Quase passei direto por ela, mas, no último segundo, me agarrei ao batente da porta e parei, derrapando.

— Oh, aí está você.

Tudo bem, não sei quanto às escolas normais, mas na melhor escola de espiãs do mundo atrasos não são exatamente *comuns*. E, quando acontecem, quase sempre são seguidos de perguntas como "Houve uma explosão no laboratório de química?" ou "Você teve outra concussão?". Mas com certeza *nunca* de "Oh, aí está você".

No entanto, foram essas as palavras que o agente Townsend escolheu e, para alguém que me interrogou numa instalação ultrassecreta poucas horas depois de o homem mais procurado do mundo supostamente ter me raptado, ele certamente não parecia muito preocupado com onde eu estivera.

— Desculpe, eu...

— Apenas... sente-se — disse ele, mal olhando na minha direção.

Ocupei a carteira ao lado de Bex e, sem olhar para o relógio, soube que estava três minutos e meio atrasada. Três minutos e meio que minhas colegas de turma passaram sentadas em silêncio, esperando. E, ao me juntar a elas, percebi que nosso professor *não estava* esperando por mim.

Quatro minutos.

Cinco minutos.

Dez minutos, nós esperamos. O único barulho era o som que o agente Townsend fazia ao virar as páginas de seu jornal.

Falei a mim mesma que devia ser um teste. Ele queria saber se estávamos memorizando a primeira página do jornal; estava avaliando quão imóveis podíamos nos sentar, quão silenciosas conseguíamos ser. Grandes agentes são naturalmente pacientes, pensei. Ele quer ver se sabemos esperar.

Mal sabia ele que Tina Walters não espera ninguém. (Ou, bem, ela espera, mas seu limite são dez minutos.)

— Sr. Townsend?

Nosso professor não ergueu os olhos nem disse uma palavra sequer.

— Senhor — prosseguiu Tina —, há algo que possamos fazer para ajudá-lo a começar sua aula? — Ela soava como a madame Dabney, mas o Sr. Townsend não se impressionou.

— Não — respondeu ele simplesmente, e depois ergueu o jornal ainda mais alto, pôs os pés na mesa e se reclinou na cadeira. — Quem pode me falar sobre Joe Solomon?

Soava como um teste surpresa. *Parecia* um teste surpresa. Mas eu não conseguia afastar a sensação de que toda a turma do segundo ano tinha acabado de ser transportada pelo Atlântico — e jogada na estação Baring Cross.

Townsend chegou o jornal para o lado por uma fração de segundo e apontou para Tina Walters, que erguia o braço com tanta vontade que parecia prestes a deslocá-lo.

— Você — disse ele.

— Agente Joseph Solomon. Da CIA. Membro do corpo docente da Academia Gallagher para Garotas Superdotadas...

— Já sei de tudo isso — interrompeu o novo professor. — Próxima.

— Ele disse que depois das férias provavelmente começaríamos a estudar técnicas de escrita secreta — falou Anna. — E, se nos saíssemos bem, ele prometeu que poderíamos...

— Chatice — retrucou Townsend.

Eu podia sentir minhas colegas observando com mais atenção, sentando-se mais eretas — literalmente aceitando o desafio. Mas eu sabia que aquilo não era um teste — era um interrogatório. Naquele momento, não éramos alunas; éramos testemunhas que, durante um ano e meio, haviam ficado trancadas numa sala com um agente duplo quase todos os dias.

— Para onde ele foi? — O agente Townsend virou lentamente a página do jornal. — Como passava os dias? O que ele queria... aqui?

— Ele é professor — disse Eva Alvarez. — Queria ensinar.

O agente Townsend riu, rápido e baixinho, mas não havia nenhum traço de humor em sua voz ao dizer:

— Tenho certeza que sim.

— Desculpe, senhor — interveio Anna. — Não entendo.

— Tenho certeza que não — murmurou ele.

As agentes podiam assegurar que, qualquer que fosse o motivo que tenha levado o agente Townsend à Academia Gallagher, NÃO foi amor à docência.

Então os pés saíram de cima da mesa, e ele abaixou o jornal, e pude dar uma boa olhada em seu nariz inchado (nota mental: até bagagens acolchoadas podem ser excelentes armas).

— *Onde* ele passa o tempo?

— Bem, nós costumávamos vê-lo no Subsolo Dois — respondeu Tina, e um olhar estranho cruzou o rosto do agente Townsend.

— Em nenhum outro lugar?

— Em todos os lugares — disse Anna.

Então ocorreu-me que aquela podia ser uma boa lição — um teste de memória, de nossa capacidade de observação. Mas o agente Townsend não sabia disso. Ele não se importava.

— Algum parceiro de que vocês saibam? — perguntou ele, depois balançou a cabeça, como se por um segundo tivesse esquecido que éramos idiotas. — Quero dizer...

quem eram os amigos dele? Ele tinha algum aliado? Alguém de quem ele era especialmente próximo?

— Às vezes ele deixa o Sr. Mosckowitz acompanhar nossas missões — disse Anna.

— Ele costumava trabalhar no celeiro de P&CL com o Sr. Smith — acrescentou Kim Lee.

— Acho que ele deve ser *muito* íntimo da diretora Morgan — falou Tina, com uma risadinha, mas em seguida olhou para mim e parou.

— Só isso? — Townsend cruzou os braços e olhou para mim. — E você, Srta. Morgan? O que sabe sobre Joseph Solomon?

Uma chuva congelante batia contra as janelas. Tremi, lembrando-me do vento frio e do olhar do Sr. Solomon na ponte, e do fato de que eu tinha acreditado nele. Durante um ano e meio, eu tinha acreditado em tudo.

As agentes odiavam Joe Solomon.

— Senhor — ouvi a voz de Bex. — O Sr. Solomon costumava dizer que a melhor arma de um agente é sua memória e que...

O agente Townsend finalmente parou de me encarar.

— Você é a garota Baxter.

— Sim, senhor — confirmou Bex, o rosto se iluminando.

— Conheço o trabalho de seus pais.

— Obrigada, senhor. — Bex sorria.

— Não foi um elogio.

As agentes sentiam falta de Joe Solomon.

Townsend se levantou, deu a volta na mesa e tornou a sentar em sua cadeira.

— Ouvi falar da Academia Gallagher e de suas garotas durante quase toda a minha carreira. — Ele nos avaliou com um olhar. — E isso também não foi um elogio.

Notei algo em seu sotaque. Repassei as palavras dele em minha mente. Do lado de fora, começou a nevar. A sala ficou mais fria, e eu percebi que toda a turma estava começando a sentir a queda de temperatura.

— Muito bem, se isso é tudo que vocês querem apresentar por hoje...

— Por quanto tempo você ficou lotado em Moçambique?

Townsend quase nunca se surpreendia, eu sabia, e ainda assim minha pergunta o fez parar.

— Desculpe-me? — disse ele.

— Seu suaíli durante o café da manhã foi inconfundível. — Ele olhou para mim como se quisesse protestar, mas não lhe dei oportunidade. — Você é canhoto, mas os calos em sua mão direita mostram que atira com ela. — Pensei no modo como ele se moveu ao tirar os pés da mesa. — Você poupa o joelho esquerdo. Aposto que o machucou há... o quê? Uns seis meses? Seu sotaque é de classe-média baixa, mas você estudou numa boa escola, não foi? Num lugar como este, aposto.

— Belo truque, Srta. Morgan.

— Não é um truque. — Balancei a cabeça. — É o segundo semestre. O Sr. Solomon...

— O Sr. Solomon se foi — disparou ele. — Deixei isso bem claro em Londres. Você esqueceu?

Eu não tinha esquecido nada daquele dia — nem a cor da camisa de Townsend, nem a frieza da mesa de metal.

— Por que não estamos tendo esta aula no Subsolo Dois? — perguntei, e vi uma mudança em seu olhar. — Você não recebeu autorização?

— Ah, Srta. Morgan, eu lhe garanto que vou ver tudo que preciso nesta escola. — Ele apontou a porta. — Agora podem ir. Estão dispensadas.

Capítulo Catorze

No decorrer da semana seguinte, as agentes certificaram-se de que:

- A palavra "pombo" não aparecia em nenhum dos arquivos, lendas ou planos de aula de Joe Solomon.

- Há aproximadamente 4.902 endereços com essa palavra nos Estados Unidos — nenhum deles em Roseville, Virgínia.

- Uma busca inacreditável nos servidores da Academia Gallagher não encontrou nenhum banco de dados secreto com a referência "Pombos — Arquivos Ultrassecretos do Sr. Solomon", por mais que as agentes quisessem encontrar um.

- E, para manter o mistério, "os pombos" não tinham nada a ver com o agente Townsend.

✯ ✯ ✯

— É inútil — exclamou Liz, a voz ecoando por causa do teto alto do celeiro de P&CL.

— Não é, não — disse Bex, pegando o arco e flecha da mão de Liz. (Sim, eu disse *arco e flecha*.) — Todas as Garotas Gallagher têm que dominar duas armas, e estou lhe dizendo que o arco e flecha é...

— Não *isso* — falou Liz, pegando a arma de volta e sacudindo-a (ao que Macey e eu nos jogamos no chão, nos abrigando.) — A *Operação Townsend* — sussurrou ela.

Lá fora, um manto de neve caía no chão, e as janelas altas estavam encobertas com a neblina. Abaixo de nós, outras alunas do segundo ano lutavam esgrima no tatame. Um grupo do sétimo ano encarava a parede de escalada enquanto todo o celeiro ecoava com as pancadas e os gritos de garotas que tinham passado tempo demais trancadas na escola.

— O cara é um fantasma, meninas — disse Liz, em voz baixa. — Quero dizer, fantasmagórico mesmo. Ele estudou com bolsa num colégio interno pomposo como este na Inglaterra...

— Aliás, você mandou bem nisso — disse-me Bex, mas Liz nem diminuiu o ritmo.

— Assim que saiu da faculdade, ele entrou para o MI6. Tenho quase certeza de que foi lotado na Europa ocidental, porque fez aquela grande operação na Romênia, dez anos atrás.

— Aquela com os morcegos-vampiros? — perguntou Bex, arregalando os olhos.

— É — respondeu Liz, com os olhos mais arregalados ainda. — E tenho quase certeza de que foi ele que desbaratou aquele grupo de generais da KGB que contrabandeava antigos mísseis soviéticos usando um circo nômade como disfarce.

— Operação Grande Tenda? — exclamou Bex.

— Ah-hã — murmurou Liz. — Mas aí... depois disso... é como se ele tivesse desaparecido. Quero dizer... nada.

— O que significa alguma coisa — falei, e Liz balançou a cabeça devagar.

— *Alguma coisa grande.*

— Bex, o que nos diz nossa vigilância? — perguntei.

— Ele nunca segue duas vezes o mesmo caminho; quase não come, quase não dorme e não confia em absolutamente ninguém.

— Ele está planejando alguma coisa — falei. — Esse cara não faz nada por acaso, portanto, se está aqui, é por algum motivo importante, e não tem nada a ver com ensinar.

— Liz — disse Macey, em pânico. — É melhor você segurar isso...

— Desculpe! — gritou Liz para as garotas na parede de pedra, que agora tentavam se esquivar de uma flecha.

— Ei, Morgan!

Eu me virei e vi Erin Dillard atravessando o celeiro, como se as veteranas falassem sempre com as alunas do segundo ano, o que, deixe-me dizer, elas não fazem.

— Precisamos conversar.

— Oi, Erin — falei. — Suas férias foram...

— Onde está sua mãe? — Assim que Erin falou, eu notei que aquilo não era uma conversa. Era uma missão.

— Não sei.

— Você tem como mandar uma mensagem para ela? Uma carta sem o nome do destinatário? Um intermediário? Qualquer coisa?

— O que houve? — perguntei.

— O que você acha? Townsend. Sou veterana, Morgan — Ao dizer isso, Erin lançou um olhar cauteloso pelo celeiro. — Ofereceram-me uma vaga no Programa de Treinamento Ultrassecreto da Agência Conjunta do MI6 e da CIA.

— Que incrível — disse Bex, mas Erin apenas deu de ombros.

— Obrigada. Recebi a carta nas férias. Devo me apresentar para trabalhar — para *trabalhar* — em junho, e você sabe qual foi nosso dever de casa de Operações Secretas essa semana?

Todas nós balançamos a cabeça.

— *Não tivemos nenhum.*

— Não! — exclamou Liz.

Erin concordou com a cabeça.

— Em alguns meses estarei numa operação secreta em algum lugar, e é *assim* que vou me preparar?

Ela estava certa, é claro. A aula do Sr. Townsend não era só perda de tempo. Era perigosa.

Erin balançou a cabeça, então se virou para olhar pela janela, e, juntas, vimos nosso novo professor cruzar o terreno e desaparecer em meio à neve, sem deixar rastro.

— O que ele *realmente* está fazendo aqui?

Erin é uma ótima aluna. Será uma espiã maravilhosa. Quando ela foi embora, sua pergunta pareceu ecoar, atingindo cada uma de nós. Nossa missão estava clara.

— Ele vai ser um alvo difícil — disse Bex.

— Eu sei.

— O que estamos falando é que vai ser tão difícil que vai "fazer o Sr. Smith parecer um docinho".

Concordei.

— É verdade.

— Então a pergunta é — falou Bex, baixinho — Até onde vocês querem ir?

Olhei para minhas três melhores amigas.

— Até onde for preciso.

Capítulo Quinze

Relatório de Operações Especiais
As agentes Morgan, Baxter, Sutton e McHenry deram início a uma perigosa operação de levantamento de informações sobre um alvo — e professor — altamente hostil.

As agentes podiam assegurar que:

- O agente Townsend nunca acorda depois das oito nem vai dormir antes das duas da manhã.
- O alvo corre 8 quilômetros todos os dias e foi visto fazendo 500 abdominais seguidas (o que, segundo a agente Baxter, não é tão impressionante quanto parece).
- O alvo não ingere nenhum açúcar nem cafeína (e ISSO, segundo a agente Morgan, definitivamente é tão louco quanto parece).
- Apesar de fazer parte do corpo docente da Academia Gallagher há suas semanas, o Alvo não fez nenhum amigo.

* * *

Em cinco dias e meio na Academia Gallagher, tivemos muitas refeições memoráveis, mas aquela foi uma das poucas vezes em que eu realmente não *comi* nada.

— Ele não vai vir — disse Liz, com o olhar grudado nas grandes portas duplas no fundo da sala.

Bex, Macey, e eu ficamos em silêncio, olhando em volta do Salão Nobre. Bex e Macey se serviam, enquanto eu e Liz, nos revezávamos para vigiar as portas.

Foi Liz que falou o que todas estávamos pensando:
— E se ele não vier?
— Oi, Macey, será que eu posso...
— Não! — respondemos nós quatro em uníssono.

Macey arrancou uma banana das mãos de Courtney Bauer, o que deve ter parecido meio estranho. E, OK, talvez também *fosse* estranho o fato de, nós quatro, termos pegado um de cada item servido no buffet. Mas, na Academia Gallagher, "estranho" é algo completamente relativo.

— Desculpe, Courtney — falei, tentando explicar. — É que temos que fazer uma experiência com...

Não consegui terminar porque o agente Townsend estava parado na entrada do Salão Nobre, tomando um longo gole de uma garrafa de água. Seu cabelo escuro e cacheado estava molhado de suor. Vestindo sua roupa preta de corrida, ele poderia muito bem ter acabado de voltar de uma invasão a uma embaixada, de um salto de paraquedas atrás das linhas inimigas ou de um encontro com um informante especialmente secreto na viela mais escura da cidade mais perigosa do mundo. Por mais que eu odiasse o agente Townsend, havia uma coisa que eu não me atreveria a esquecer: ele provavelmente era um ótimo espião.

Olhei para minhas amigas, ciente de que, pela próxima hora, de algum jeito teríamos que ser melhores que ele.

— Quem consegue ver? — sussurrei, ao sentir que ele passava atrás de mim.

— Ele está indo para o buffet — disse Bex, mas quem não a estivesse ouvindo poderia jurar que ela estava falando sobre o clima.

— O que ele está fazendo? — perguntou Liz. (Lamento dizer, mas seu rosto e sua voz disfarçavam bem menos.)

— Maçã — disse Macey. Seus olhos azuis pareciam especialmente grandes e brilhantes ao olhar para mim e sussurrar de novo: — Maçã.

Liz levou quatro segundos para tirar a seringa da bolsa. As mãos delas tremiam quando peguei a maçã em minha bandeja e passei para ela por baixo da mesa.

— Você sabe que isso provavelmente é ilegal, né?

Liz olhou para mim e sorriu, como se eu fosse a garota mais ingênua do mundo.

— Não pode ser ilegal, Cam. É *pesquisa*.

Então foi isso. O destino de nosso professor, minha segurança e a média de Liz dependiam do que estávamos prestes a fazer.

— Você está indo bem, Lizzie — disse Bex, mas a mão de Liz ainda tremia.

— Liz... — começou Macey.

— Pronto! — disse Liz, e, no momento seguinte, a maçã passou da mão de Liz para a de Bex por baixo da mesa.

Num instante Bex estava de pé seguindo para a porta, para onde Townsend também se dirigia. Três segundos depois, minha melhor amiga esbarrava nele. Uma maçã escapou de sua mão e voou pelo ar, direto para a palma aberta de Bex.

— Olhe por onde anda, Baxter — disse ele, enquanto ela lhe devolvia uma maçã.

Havia um brilho nos olhos de Bex quando ao se virar para nós, tirou uma maçã de trás das costas e deu uma grande mordida.

Fiquei sentada lá imaginando o que vovó Morgan diria se soubesse o que tínhamos feito — sem dúvida algo sobre o fruto proibido.

As agentes fizeram um revezamento para vigilância, seguindo o Alvo pela Mansão Gallagher.

Teria sido bom ter unidades de comunicação. Qualquer espião do mundo pode lhe falar sobre as desvantagens de seguir alguém que sabe exatamente como você é. E, para ser honesta, é sempre mais fácil quando seus companheiros de missão são agentes de campo confiantes e bem-treinados e não... bem... Liz.

— Ops — murmurou Liz, ao pisar em falso na grande escadaria de pedra que levava à antiga capela.

Eu podia ouvir os passos de Townsend no corredor acima de mim. Depois de 45 minutos seguindo-o pela biblioteca e o observando pela janela enquanto Bex ia atrás dele pelos jardins — para não falar de um momento muito assustador envolvendo Liz, uma armadura e o gato preto da professora Buckingham —, minhas amigas e eu paramos nos degraus, ouvindo Townsend andar mais rápido, na direção do que ou de quem, não soubemos até que o ouvimos dizer:

— Mosckowitz, uma palavrinha por favor.

— Ah, oi, agente Townsend! Dando uma corridinha, pelo visto. Tentei correr por um tempo. Não foi um bom... exercício para mim.

O que era um eufemismo, se você perguntasse a qualquer uma das garotas que se lembravam do semestre em que tivemos aulas de criptografia no térreo porque o Sr. Mosckowitz havia torcido os dois tornozelos ao cair numa vala.

Bex seguiu em frente, depois fez um sinal para que nós três fôssemos atrás dela escada acima. Agachada no patamar, consegui ver duas sombras projetando-se no chão: a do agente Townsend muito mais comprida e fina que a do Sr. M.

— Ouça, Mosckowitz — disse Townsend. Não ouvi nenhum passo, mas vi a sombra dele se mexer. — Ouvi dizer que você é o homem dos códigos.

— Eu... sou, sim — respondeu o Sr. Mosckowitz, parecendo não acreditar no que dizia.

— Eu tinha a impressão de que você era o melhor.

— Sou... bom — falou Mosckowitz, o que talvez fosse o maior eufemismo do século.

— Então por que não resolveu essa confusão com os subsolos? Eles não são usados para as aulas de Operações Secretas?

— Bem, sim...

— E não sou eu que ensino Operações Secretas?

— Alguém tem que ensinar uma lição a *ele* — sussurrou Bex, sem se mexer. Todas ficamos em silêncio, olhando as duas sombras no chão.

— Veja bem, é... complicado — disse Mosckowitz.

— Então *des*complique — ordenou Townsend.

— Cada geração acrescenta um novo nível de defesas e, enquanto as novas são... bem, elas são *boas*, as antigas são...

— O quê? — disparou Townsend.

— Antigas — disse o Sr. Mosckowitz com simplicidade. — Eu e o Dr. Fibs estamos trabalhando numa teoria sobre como os velhos mecanismos devem funcionar, mas, para falar a verdade, a maioria deles não foi criada para ser desativada. Se fossem ativados, poderia haver... — Ele fez um gesto com as mãos. — Cabum!

Townsend deu uma risadinha.

— E você e a professora Buckingham não estariam atrasando esse processo, não é?

— Poderíamos desativar os protocolos de segurança mais recentes, e você poderia ir até lá esta noite, mas...

— O quê?

— Alguns dos artefatos mais altamente secretos do mundo poderiam ser destruídos e...

— O quê?

— Você provavelmente morreria. — A sombra do Sr. Mosckowitz mexeu, afastando-se.

Então a sombra maior jogou alguma coisa para o alto. Eu a vi cair, girando. Ele esticou a mão para pegá-la, rápido como a luz.

— Quero ter acesso aos subsolos, Mosckowitz. — Houve um ruído quando Townsend deu uma mordida. — Dê um jeito nisso. De um jeito nisso rápido.

* * *

— Liz! — sussurrou Bex, vinte minutos depois. — Quanto você injetou?

Liz deu de ombros e pareceu ligeiramente culpada. E um pouco perversa. Era uma combinação terrivelmente perigosa.

— Eu não tinha certeza se ele ia comer tudo, e se desse apenas uma mordida poderia não ser suficiente para...

— Liz — murmurei, querendo que ela fosse direto ao ponto.

— Cinco vezes mais que o recomendado! — explodiu ela.

Ouvi um barulho no fim do corredor. Nós quatro espiamos por uma quina a tempo de ver o agente Townsend cambalear para longe dos cacos de um vaso quebrado.

Olhamos para Liz, que disse:

— Talvez seis.

Quando nos viramos de novo para o corredor, o Sr. Townsend estava parado a menos de 10 metros dali, olhando para nós. Tive certeza de que estávamos encrencadas. Mas então ele deu um aceno bobo.

— Vou para o meu quarto! — gritou, e logo depois caiu sobre as almofadas de *plush* de um dos meus bancos favoritos junto à janela.

Ele tentou puxar as cortinas de veludo vermelho para cima de si, como um cobertor.

— O que você está fazendo no meu quarto? — disparou ele, quando apareci ao seu lado. Então pareceu perceber que o "quarto" estava muito maior. — Este é o meu quarto?

Balancei a cabeça.

— Não.

— Oh.

Seus olhos azuis estavam menos frios, como se algo naquela maçã tivesse feito ele baixar a guarda.

— Deveríamos lhe fazer alguma pergunta para... você sabe... testar? — sugeriu Macey.

Quando minhas amigas olharam para mim, me dei conta de que ainda não havíamos tido treinamento para interrogatórios. Nem mesmo o Sr. Solomon tinha nos ensinado a fazer aquilo.

Por sorte, como em todas as coisas ligadas à espionagem, Bex tinha um talento natural.

— O monstro do lago Ness existe mesmo? — perguntou.

Townsend deu de ombros.

— Claro que existe. Os testes de armas químicas de guerra fugiram ao controle nos anos 1930. Tiveram que trancar a coisa em algum lugar.

— As joias da coroa foram mesmo roubadas e substituídas por outras falsas em 1962?

Ele sorriu.

— Só os rubis.

— Onde está o Sr. Solomon?

— Isso eu não sei. — Ele arqueou as sobrancelhas. — Ainda.

— Por que a CIA e o MI6 estão atrás dele?

— Ah, essa você sabe, Srta. Morgan. — Apesar da fala arrastada, as palavras foram suficientes para fazer meu coração disparar. — Qualquer pessoa que faça parte do Círculo desde os 16 anos é alguém com quem gostaríamos de ter uma conversinha.

— Por que você veio para cá?

— Para caçar uma raposa você começa na toca.

— O que você sabe sobre minha mãe?

Townsend se virou para a janela. Sua respiração embaçou o vidro. Eu estava começando a achar que ele não tinha me ouvido, quando falou:

— Eles não vão machucá-la.

Ao ouvir aquilo, um medo que eu nunca sentira tomou meu peito.

— Alguém pegou a minha mãe? — Agarrei a camisa dele e o puxei para perto, obrigando-o a me encarar. — Quem? — Eu o sacudi. — Quem a pegou?

O sorriso dele foi estranhamente vago.

— *Nós*.

Minhas mãos estavam rígidas, os punhos cerrados junto ao pescoço dele.

— Nós? Quem é "nós"? *Onde está minha mãe?* — gritei, mas Townsend estava apagando.

Suas pálpebras se agitaram. Ele olhou para o vidro como se nunca tivesse visto uma janela.

— É mesmo bonito aqui — falou, e então fechou os olhos e pegou no sono.

Eu o soltei e o observei se recostar nas almofadas. Parecia tranquilo como um bebê.

Então Liz deu um tapa na cara dele. É, um tapa de verdade.

Ele tremeu e acordou, os olhos focados por um breve segundo.

— Não! — gritou Liz, dando-lhe outro tapa. — Você está errado!

— Liz... — Bex esticou a mão para segurá-la, mas Liz atacou de novo.

— Você está errado! — gritou. — A Sra. Morgan vai voltar, e vamos limpar o nome do Sr. Solomon, e aí essa escola vai voltar a ter um professor de verdade.

— Ah, eu duvido disso. — Alguma coisa do homem que eu tinha conhecido em Londres voltava a aparecer em sua voz. Ele sorriu. — Não acho que Rachel Morgan vá querer voltar a trabalhar com o homem que matou o marido dela.

Capítulo Dezesseis

Estava quente demais dentro da mansão. Lembro-me de ter passado por lareiras crepitantes e janelas embaçadas — abrindo caminho pelos corredores apinhados como se eu nunca mais fosse respirar ar fresco. Parecia que o mundo estava pegando fogo.

— Cammie! — chamou Bex atrás de mim, mas não parei até ter cruzado o hall e empurrado as portas pesadas.

Eu estava sem casaco. O céu estava carregado, escuro e cinza quando atravessei o campo que se estendia da mansão até a mata.

— Cammie — repetiu Bex.

Atrás dela, Liz e Macey se aproximavam correndo.

— Cam, você está bem? — gritou Liz, e eu me virei.

— Não! — Não percebi que estava berrando. Eu só sabia que aquela palavra estava presa dentro de mim, fervendo. — Não! Eu *não* estou bem.

Minhas amigas pararam, congeladas. Pareciam ter medo de chegar perto demais.

— Não sabemos o que ele quis dizer com aquilo — disse Liz. — Não sabemos onde ele conseguiu essa informação nem se a fonte é confiável. Não sabemos o que isso quer dizer.

— Não. — Balancei a cabeça. — Esse é o problema. Não sabemos de *nada*. Entendo de bombas e antídotos e sei falar "paraquedas" em várias línguas, mas não sei onde meu pai está enterrado.

Liz me encarou, os olhos vermelhos.

— Cammie, está tudo bem. Vai ficar tudo bem.

— O Sr. Solomon matou meu pai. O Sr. Solomon...

Deixei a frase no ar. Bex se aproximou. Estendeu a mão para mim, mas eu a afastei com um safanão.

— Eles me querem... viva. — Lágrimas quentes ardiam nos meus olhos. Minha garganta queimava. — *Precisam* de mim viva! — gritei, incapaz de conter as palavras. — Como eu deveria estar? O que deveria sentir?

— Eu sei como você se sente, Cam — disse Macey.

— Não sabe, não...

— Cammie! — Nunca vou me esquecer do tom de voz dela naquele momento. — Cam — disse ela calmamente, vindo em minha direção. — Sei como é sentir-se vigiada a cada segundo de todos os dias. Sei como é confiar em cada vez menos pessoas, até achar que está completamente só neste mundo. Sei que você acha que só restaram coisas ruins na sua vida. Sei como está se sentindo, Cam. — Ela estava com as mãos nos meus ombros. — *Eu sei*.

Havia dois meses que eu convivia com o fato de o Círculo de Cavan estar atrás de mim, e achava que ninguém poderia saber como era essa sensação. De não importar onde ou com quem você esteja, nunca estar segura. Mas eu estava errada... alguém sabia. E essa pessoa estava bem na minha frente.

— Ele não vai me dizer onde minha mãe está — falei, baixinho. — O agente Townsend sabe... ele sabe! E não vai...

— Nós vamos encontrá-la, Cam — disse Bex, estendendo a mão para mim. — Vamos, sim.

— É — concordou Liz, juntando-se a nós.

— Vamos atrás da sua mãe... até o fim do mundo, se for preciso... e vamos perguntar a ela...

O ar estava abafado com minhas amigas ali em volta de mim. Senti meu coração começar a desacelerar e então ouvi uma voz atrás de mim dizer:

— Me perguntar o quê?

Capítulo Dezessete

Ela estava lá. Minha mãe estava lá. Era tão estranho vê-la — ouvir sua voz, ver o jeito como ela caminhou conosco cruzando as portas da frente e subindo a Grande Escadaria —, como se absolutamente nada tivesse acontecido desde dezembro, quando ela me pôs numa limusine com os Baxter e acenou em despedida.

— Mãe, eu...

— Que bom ver você, filhota. — Ela passou o braço em volta do meu ombro e me apertou quando chegamos na seção de História. — Você e Bex tiveram boas férias?

Ela não tinha ligado na manhã de Natal. Não havia ido a Londres depois do que acontecera na ponte. Estivera ausente da escola havia quase um mês, e, ainda assim, ao vê-la destrancar a porta de seu escritório, havia apenas uma pergunta que eu queria fazer a ela.

— É verdade?

Os Baxter, tia Abby e até o agente Townsend tinham me contado os fatos, mas só minha mãe poderia me fazer acreditar neles.

— O Sr. Solomon é mesmo do Círculo?

Ouvi vozes conversando pelos corredores, mas minhas colegas pareciam estar a 1 milhão de quilômetros enquanto minha mãe entrou na sala escura e sussurrou:

— É.

Ela caminhou na direção de sua mesa. Dentro de seu escritório, eu tive coragem de perguntar:

— Ele matou o papai?

— O Círculo tem uma longa tradição de recrutar agentes muito jovens, Cammie. Quando o Sr. Solomon se juntou a eles, devia ter...

— *Ele matou meu pai?*

— Cammie, querida...

Meus lábios começaram a tremer. A pressão que eu vinha sentindo durante meses cresceu, formou um nó na minha garganta, e então não pude mais me conter. O mundo ficou borrado e minhas bochechas, molhadas, e, não importava quanto eu tentasse, era como se eu tivesse me esquecido de como respirar.

— Eu sinto muito, Cammie. Sinto muito.

— Onde você estava? — Minha voz falhava. — Eu *precisei* de você.

— Cam — disse minha mãe, baixinho. — Eu sabia que você estava em segurança, querida. Os Baxter são boas pessoas... E grandes agentes...

— Eles não são minha família. Eu precisava de *você*.

— Querida, acredite em mim, eu queria ter ido encontrar você, mas não foi possível.

Eu queria acreditar nela, mas o agente Townsend parecia um fantasma sussurrando no meu ouvido: *eles não vão machucá-la.*

— Por que você não foi a Londres, mãe?

— Eu já disse, Cammie. Fiquei detida.

Era a mesma palavra que Townsend e a professora Buckingham tinham usado. Quando olhei para minha mãe, entendi que ela não tinha perdido o voo, comparecido a uma reunião ou perdido o passaporte. Ao falar *detida*, eles estavam se referindo a algemas, catres duros e instalações controladas pela CIA.

— Detida como? Onde? Em Langley?

Vi o brilho nos olhos de minha mãe mudar e soube que eu estava certa.

— Quando alguém é acusado de ser agente duplo, o procedimento padrão é que todas as pessoas ligadas a ele sejam interrogadas. É o protocolo, filhota. Não foi *nada*.

— E quanto aos outros professores? A professora Buckingham? O Sr. Smith? Por que eles não foram...

— Eles foram interrogados, Cam. Todos nós fomos.

— Então por que você demorou? Por que *você* foi a única que só voltou para a escola agora?

— Conheço o Sr. Solomon há mais tempo. — Ela suspirou. — Fui eu que o contratei e o trouxe para cá, então, é natural que... — Ela deixou a frase no ar. Ficou um longo tempo sem olhar para mim. — Mas agora estou de volta. — Ela acariciou meu cabelo. — Você está segura. — Ela me puxou para perto, respirando fundo. — Você está *segura*.

Entre duas pessoas, há coisas que não são ditas, ficam pairando durante décadas, vidas inteiras. Às vezes, eu me perguntava se espiões tinham mais ou menos esse hábito. Acho que mais. Há muitas coisas que nem a pessoa mais corajosa do mundo tem coragem de dizer em voz alta.

— O Sr. Solomon me procurou — sussurrei.

Minha mãe deu um passo atrás.

— Eu sei.

— Ele disse que os outros estavam enganados. Disse que não foi ele... estavam atrás do homem errado. Eu... — Pensei na tristeza dele ao me abraçar. — Eu acreditei nele.

— Joe Solomon é um ótimo agente, querida.

— Então...

— Grandes agentes mentem como ninguém. — Ela se deixou afundar no sofá de couro, parecendo quase muito fraca para ficar de pé. — Ele nunca mais vai voltar, Cammie.

Em todos os anos desde a morte do meu pai, eu tinha visto minha mãe chorar uma ou duas vezes, mas sem que ela soubesse que eu estava vendo. Mas, naquele momento, lágrimas rolaram de seus olhos e eu não soube dizer se ela estava falando do Sr. Solomon ou do meu pai quando sussurrou:

— Ele nunca mais vai voltar.

Capítulo Dezoito

Garotas Gallagher não matam aula. Simplesmente não fazemos isso. Nunca. Mas ao andar pelos corredores na manhã seguinte, eu queria abrir uma exceção. Queria fugir — me esconder como jamais havia me escondido antes. Queria me enfiar de volta na cama e dormir por um milhão de anos.

Acontece que eu não era a única.

— Bom dia, Srta. Morgan.

Ouvi as tábuas do piso estalarem atrás de mim. Reconheci a voz grogue. Mas o rosto que vi ao me virar não era exatamente o que eu esperava.

Sim, o cabelo do agente Townsend ainda estava úmido do banho, e suas roupas eram limpas e muito bem-passadas, mas seus olhos estavam vermelhos e inchados. Quando ele passou por mim e foi até sua mesa na frente da sala, andava devagar, como se desejasse que o mundo parasse de rodar. (A propósito, seus dentes pareciam bem mais brancos.)

Nota pessoal: nunca me voluntariar para ajudar Elizabeth Sutton a testar um de seus experimentos.

As luzes da sala de OpSec estavam apagadas, mas quanto Tina Walters parou junto à porta e levou a mão ao interruptor, nosso professor resmungou:

— Não acenda.

Enquanto andávamos até nossas carteiras, Townsend espremeu os olhos, como se nossos passos fossem tiros de fuzil no escuro.

— Não me interessa o que vão fazer nos próximos sessenta minutos — disse ele baixinho, acomodando-se na cadeira atrás da mesa. — Não me importa como vão fazer isso. Desde que seja... *em silêncio*.

As pessoas têm manhãs ruins na Academia Gallagher o tempo todo — garotas bocejando depois de treinamentos de uma noite inteira, corpos doloridos lutando para subir as escadas após uma semana especialmente difícil em P&CL. A primeira vez que vi o agente Townsend, quis que ele se sentisse tão mal quanto eu; e parado ali naquela manhã, acho que ele se sentia mesmo.

Sobretudo quando as luzes se acenderam de repente e ouvi minha mãe dizer:

— Bem, olá.

Eu o vi apertar os olhos e saltar da cadeira — observei-o se virar para a mulher à porta, mas não sei se surpresa seria a palavra certa para descrever o que ele sentiu.

— Bem-vindo à Academia Gallagher, agente Townsend. Estamos muito felizes por tê-lo conosco.

Nota pessoal: Rachel Morgan mente incrivelmente bem.

— Eu queria ter cumprimentado você no café da manhã, mas... — Ela observou seu rosto cansado. — Percebi que você talvez precisasse dormir um pouco.

Townsend desviou o olhar para mim lentamente.

— Deve ter sido algo que comi.

— Lamento ouvir isso. Nosso chef geralmente só recebe críticas entusiasmadas. — Minha mãe caminhou pela frente da sala. Cruzou os braços e olhou pela janela antes de se virar devagar para a turma. — Olá, meninas.

Houve alguns *olás* e *bem-vinda de volta* em resposta, mas a maioria de nós ficou quieta... esperando.

— Devo confessar que fiquei surpresa quando os curadores da Academia Gallagher me disseram que a CIA e o MI6 haviam recomendado você para o cargo. Espero que o ritmo de nossa escola não seja lento demais para você.

— Não — disse ele, sentando na beirada da mesa. — Se Joe Solomon pode...

Senti uma pontada de raiva ao ouvir aquele nome, mas, se minha mãe sentiu a mesma coisa, não demonstrou.

— E como estão as coisas? — perguntou ela. — Está precisando de algo?

— Você quer dizer além de acesso aos subsolos?

Minha mãe balançou a cabeça.

— Sim. A professora Buckingham já me informou sobre as novas medidas de segurança referentes aos subsolos. Estamos trabalhando nisso.

— Sei — disse o agente Townsend, mas soou mais como *até parece*.

Então um olhar meio chocado cruzou o rosto de minha mãe.

— Ah, me desculpe, agente Townsend. Por favor, continue. Não quero interromper sua aula.

Ela se sentou numa carteira vaga na primeira fileira na extremidade direita da sala, e dessa vez foi o professor que ficou surpreso.

— Desculpe, Sra. Morgan. Você vai... ficar?

— Vou — respondeu minha mãe.

— Bem, se eu soubesse, teria preparado algo especial.

Minha mãe sorriu.

— Ah, tenho certeza que qualquer coisa que tenha preparado para hoje será ótimo. Gosto de aparecer de vez em quando para assistir às aulas de todos os professores. Por favor, não se importe comigo.

Ouvi Bex prender uma risadinha. Tina Walters cravou os olhos em mim.

— Excelente — disse Townsend, com um sorriso. — Você chegou na hora certa para começarmos nossos estudos sobre o Círculo de Cavan.

Do lado de fora, o céu estava claro e azul, mas parecia que uma tempestade se formava dentro de nossa sala. Havia uma estática tão forte no ar, que não me atrevi a tocar em nada, com medo de levar um choque.

Ele se virou para minha mãe.

— Se estiver tudo bem por você, é claro, Sra. Morgan.

— Esse é um assunto que normalmente seria abordado na aula da professora Buckingham no último ano de História da Espionagem, mas, dadas as circunstâncias, acho que podemos abrir uma exceção.

Eu esperava que ela olhasse para mim — que sorrisse —, alguma coisa assim, qualquer coisa, que não fosse se virar para toda a turma e dizer:

— Sabem, meninas, o agente Townsend é um tipo de lenda dos serviços secretos. Não consigo pensar em ninguém melhor que ele para dar essa aula específica.

— Nem Joe Solomon?

Duvido que alguma de minhas colegas tenha percebido a malícia nos olhos de Townsend.

E não acho que tenham notado a raiva na voz de minha mãe ao responder:

— Não. Nem ele.

E com isso, Townsend se virou para nós. Ele quase pareceu um professor de verdade ao dizer:

— A coisa mais importante que vocês devem saber sobre o Círculo de Cavan é que se trata de uma organização formada quase completamente por espiões de outras organizações... Estou falando de agentes duplos. Eles têm agentes, traidores, em todos os níveis dos principais serviços de segurança do mundo. Podem estar em qualquer lugar... — Ele dirigiu-se para sua mesa. — Até aqui.

Observei os olhos de minhas colegas à medida que o Círculo se tornava algo mais que uma lenda sobre Gilly, um vestido de baile, um traidor e uma espada.

— É claro que eles operam tão às escuras que alguns dos serviços clandestinos acham que o Círculo não passa de uma história de fantasma, uma lenda bem elaborada. Mas, só nos últimos cem anos, eles estiveram por trás de pelo menos cinco assassinatos. Ao menos que tenhamos conhecimento. E instigaram três guerras. Venderam as identidades de dezenas de agentes secretos da CIA e do MI6 para governos hostis e, embora ninguém de fora do Serviço Secreto jamais vá saber disso, chegaram muito perto de matar um presidente dos Estados Unidos.

Ele cruzou os braços e nos encarou.

— Então, não se enganem, eles são *muito reais*.

Ficamos sentadas ali durante quinze minutos, ouvindo-o citar fatos como se o Círculo fosse apenas outro grupo, movimento ou causa... como se não fosse pessoal.

— O que eles querem? — perguntei.

— Dinheiro. Poder. Controlar...

— *Comigo*? — interrompi. — O que eles querem comigo?

Esperei que ele fosse olhar para minha mãe ou se esquivar da pergunta, mas, em vez disso, ele se sentou na quina da mesa.

— Isso não sabemos. Ainda. — Fez uma pausa. — Gostaria de acrescentar alguma coisa, Rachel?

Achei que ela fosse dizer a ele que já era o suficiente, que a aula havia terminado. Mas minha mãe cruzou suas longas pernas e apoiou os cotovelos na carteira.

— Talvez você possa contar um pouco da história do Círculo.

Ele concordou.

— Ioseph Cavan era irlandês, e o senso comum acredita que seus seguidores tenham voltado para sua terra natal depois de Gillian Gallagher supostamente tê-lo matado.

— Supostamente? — disse Bex.

Townsend a ignorou.

— Mas agora o Círculo tem representações em todos os cantos do mundo. É importante compreender que, diferentemente da maioria dos grupos políticos e religiosos, o Círculo de Cavan não tem uma causa, nenhuma ambição ou objetivo além de lucro e poder. São grandes o bastante para serem perigosos, e pequenos o suficiente para passarem despercebidos. Eles se movem com agilidade, são cuidadosos e muito bem treinados. E o que é mais assustador: fomos nós que treinamos a maioria deles.

— O que isso quer dizer? — perguntou Tina.

— Que eu não estava mentindo quando falei que quase todos são agentes duplos — disparou ele. — O Círculo é especialista em identificar e recrutar agentes jovens ou vulneráveis. Ou as duas coisas.

— Mas como você sabe? — insistiu Tina.

Um sorriso dissimulado passou por seu rosto quando ele se levantou e observou cada uma de nós.

— Porque sou o homem que os rastreia.

Se não o odiássemos tanto, poderíamos ter gostado um pouco dele naquele momento. Mas odiávamos. Então não gostamos.

— Não se enganem, garotas. O Círculo não é perigoso pelo que são, mas por *quem* são. E *onde* estão. Pode ser qualquer um. Podem estar... — Ele se virou para minha mãe — *em qualquer lugar.*

Capítulo Dezenove

Número de horas que fiquei vagando pela mansão sem ir a lugar nenhum: 6
Número de passagens secretas que procurei na esperança de ir a algum lugar: 27
Número de passagens secretas ainda ativas que encontrei: 1 (Mas só levava à cozinha.)
Número de biscoitos que devorei enquanto estava na cozinha: 1 (Ah, tudo bem, 3 — mas eram realmente pequenos.)
Número de vezes que tive vontade de chorar: 9
Número de vezes que mudei de ideia: 9
Simplesmente continuei andando — pela biblioteca, com suas fileiras de livros e a lareira se extinguindo, pelo elevador que já não podia mais me levar ao Subsolo Dois. Os corredores estavam escuros e silenciosos, como se a própria mansão estivesse dormindo — descansando para um novo dia. Então parei na seção de História e olhei para a espada de Cavan, percebendo que, pela primeira vez desde novembro, eu estava realmente sozinha.

Bem... quase.

— Oi, Srta. Morgan. — Uma voz grave cortou a escuridão atrás de mim.

Sério, eram duas da manhã de um dia de semana, mas, de algum modo, não fiquei surpresa ao me virar e ver o Sr. Smith. Bem... na verdade... o fato de ele estar usando chinelos e um camisolão antigo me *surpreendeu*; já o fato de ele estar acordado, não.

— Eu... — comecei. Apesar de não estar fazendo nada de errado, eu tinha a sensação de ter sido flagrada. — Eu não estava conseguindo dormir.

— Tudo bem, Srta. Morgan.

Ele se aproximou e ficou ao meu lado, no brilho suave emitido pela luz da vitrine da espada. Fachos de luzes de segurança passeavam pela sala como ondas.

Olhei de relance para meu professor. Talvez fosse a hora, ou o fato de um de nós estar usando um vestido (e não era eu), daí ousei perguntar:

— E qual é a sua desculpa?

— Um agente experiente sempre deve checar a área em momentos inesperados, de formas inesperadas.

Olhei para a camisola — quero dizer... camisolão — do Sr. Smith. Se *inesperado* fosse o necessário para ficar em segurança, então ele viveria para sempre.

— É melhor você se lembrar disso, Cammie.

— Sim, senhor. — Olhei fixamente para a espada. — Obrigada. É mesmo muito bom...

Deixei a frase no ar. Não tive coragem de dizer o que estava pensando.

— Tudo bem. — O Sr. Smith piscou um dos olhos, como se dissesse que entendia. — Pode falar.

Desviei os olhos para o chão.

— É bom receber alguma dica de verdade sobre Operações Secretas. Senti falta disso.

— O Sr. Townsend é gente boa, Cammie.

— Sim, claro, eu não quis dizer que...

— Ambicioso. Orgulhoso. Calculista... Mas talvez não seja um professor nato.

— Não — concordei. — Ele nunca vai ser tão bom quanto... — Parei de falar, de repente me sentindo incapaz de pronunciar aquele nome.

— Não, ele não é como o que vocês estavam acostumadas — disse o Sr. Smith.

— Eu acreditei nele. — Não sei de onde vieram aquelas palavras, mas ali, à luz daquela espada, eu simplesmente tive que libertá-las. — Joe Solomon é um mentiroso. E um traidor. E eu acreditei nele. Mesmo depois de Londres... Ele falava como um louco, mas ainda assim eu...

— Ele estava louco, Cammie? Estava mesmo?

Olhei para o espião mais cuidadoso que já conheci — para o quinto rosto diferente que ele apresentava, e tentei me concentrar nos olhos que não haviam mudado desde meu primeiro dia na sétima série.

— Joe Solomon é muitas coisas, Cammie. Mas louco? Louco é a única coisa na qual acho que nunca vou acreditar.

O Sr. Smith deu um passo em direção à Escadaria Principal, a bainha de seu camisolão balançando enquanto ele se movia.

— Tente dormir um pouco, Cammie. E boa noite.

* * *

Ao subir de volta as escadas naquela noite, pensei no Sr. Smith e no modo como o Sr. Solomon havia segurado minha mão na Torre de Londres e me puxado pela escuridão. Quando comecei a subir a velha escada circular que leva às suítes das alunas, senti o ar frio nos braços e olhei para fora pelo antigo vidro ondulado. Aquilo me fez lembrar do vento frio em Londres, a superfície salpicada do Tâmisa correndo lá embaixo.

Lembrei-me de como ele parecia perdido ao me abraçar na ponte — como aquele gesto tinha parecido estranho e diferente.

Para onde homens como Joe Solomon vão quando caem?, perguntei a mim mesma. Fiquei imaginando se havia alguma ajuda o esperando nas margens do rio.

Dei outro passo, mas, quando subi a escada em espiral, alguma coisa do lado de fora chamou minha atenção. Algo me fez parar e olhar para além do terreno da escola.

As luzes das janelas da mansão riscavam a escuridão, iluminando debilmente o céu nebuloso. Foi então que os vi — os pássaros que cortavam o céu, indo e voltando, com as asas abertas.

Por um momento fiquei imóvel, ouvindo o silvo do vento, o fraco arrulho das aves e as palavras de meu professor, que vinham ecoando em minha mente durante semanas.

— Siga os pombos.

Capítulo Vinte

— Eles existem! — Minha voz estava falhando e as palavras vieram em soluços curtos, como se eu estivesse fora de forma. Apressada. — O Sr. Smith estava certo. *Ele não é louco!*

Ouvi os passos de minhas melhores amigas atrás de mim nas escadas, e Bex perguntou:

— Cam, do que você está falando?

— Os pombos!

Tenho certeza de que eu devia parecer uma maluca. E, tecnicamente, eu havia levado *muitas* pancadas na cabeça, de forma que minhas amigas tinham boas razões para se entreolharem como se todo esse trauma cerebral enfim tivesse surtido efeito em mim.

— Cam — disse Liz devagar, os olhos ainda inchados de sono. — Aonde estamos indo?

Alguma coisa palpitava dentro de mim. Talvez medo. Talvez pânico. Mas, enquanto subíamos as escadas, cada vez mais para o alto, acho que era principalmente esperança. Quando chegamos ao patamar, senti o ar frio que se infiltrava por entre as fendas das pedras e, naquele segundo, meu coração parou. Fiquei imóvel, congelada pela pedra fria sob meus dedos e por uma esperança que não ousei mencionar, enquanto passava a mão pelo entalhe do pássaro voando e o empurrei.

As cinco maiores pedras cederam, revelando um pequeno compartimento e uma alavanca enferrujada.

— Cammie! — exclamou Liz. — Não. Você não pode sair da mansão! O que está fazendo?

Porém era tarde demais, porque a porta já estava se abrindo, o vento gelado soprava no meu rosto e em minhas pernas nuas, mas não senti frio.

Apenas me virei para minhas melhores amigas, paradas à luz da passagem, e falei:

— Estou seguindo os pombos.

É claro que já havíamos estado ali. Poucos meses antes, tínhamos nos sentado nos caixotes empoeirados e emborcados que eram as últimas relíquias do velho programa de criação de pombos-correio que tinha sido o orgulho da Academia Gallagher. Tínhamos ficado horas sentadas ali, olhando as luzes de Roseville e conversando sobre as pessoas que estavam atrás de Macey. Atrás de mim. Mas agora o lugar parecia completamente diferente.

— O que... — começou Liz. — O que é tudo isso?

Quadros-negros cobriam a parede do baluarte no extremo oposto às janelas sem vidros que davam para o terreno. Os caixotes estavam organizados em pilhas de um lado. Uma única cadeira ocupava o centro do espaço, de frente para os quadros-negros, como se alguém tivesse passado horas naquele lugar, tentando resolver uma equação impossível.

— Deve ser isso que o Sr. Solomon queria que encontrássemos. — Dei um passo em direção aos quadros, totalmente cobertos por palavras escritas por ele. — Ele arriscou tudo... só para me mandar encontrar isto — falei.

— Cammie... — começou Bex. — Você sabe tão bem quanto eu que ele não estava falando coisa com coisa. Ele não era Joe Solomon.

— Mas estamos aqui — disparei de volta. — Não é loucura se estamos aqui.

— *O que isso diz?* — A voz de Liz soou baixinho, seus olhos focados enquanto se aproximava dos quadros devagar. Eu sabia que ela não estava falando conosco; sua mente estava perdida nos códigos, tentando enxergar em meio àquele caos.

— O que foi, Liz? — perguntou Macey.

Liz balançou a cabeça.

— Eu... não sei. Nunca vi nada como isso.

— É loucura, é isso que é. — Bex sacudiu o punho na direção dos quadros.

— Pense um pouco, Bex. Pense. Ele é um dos homens mais procurados do mundo, e sou a garota mais bem-protegida. Por que ir atrás de mim em Londres? Se está trabalhando para o Círculo, por que correr esse risco?

— Não sei, Cam. Por que ele matou seu pai? Por que se juntou ao Círculo, para começo de conversa? Talvez ele tenha fugido, rompido ou... — Achei que ela fosse chorar. — Talvez isso seja o que ele é agora.

— Ele estava louco na semana de provas finais? Ele estava louco em Washington? — Senti as palavras do Sr. Solomon me invadindo. — Se ele não estiver louco, Bex, foi a Londres por um motivo. — Estendi os braços e fui mais para perto dos quadros. — Ele foi a Londres por *isso*.

Nós quatro estávamos de pé no mesmo lugar em que Joe Solomon estivera, olhando as palavras, os números e os diagramas que ele escrevera e desenhara. Havia respostas ali. Pistas. Ele havia arriscado sua liberdade — sua vida — para me levar àquele terraço. Eu tinha seguido os pombos e, naquela noite, fiquei parada no frio, sem casaco, tentando decifrar o que ele tinha a dizer.

Atrás de mim, um pombo arrulhou. O barulho foi alto e sombrio enquanto eu espremia os olhos na escuridão, para além do peitoril da janela. Ele arrulhou de novo.

— Pássaros idiotas — disse Liz, enxotando o único pombo empoleirado na grade.

A maioria das pessoas não sabe que qualquer coisa pode ser um contato, um intermediário, um mensageiro para espiões. Aquela parte da mansão existia porque os pombos já tinham sido os melhores nisso. Nunca falavam quando interrogados. Nem mesmo os melhores satélites do mundo poderiam rastreá-los.

— Vá — repetiu Liz. — Saia...

— Espere — falei, pegando a mão de minha melhor amiga e olhando o pequeno pássaro, parado, esperando no escuro.

— Cam — disse Bex, baixinho. — Cam, o que é isso?

Fui devagar até o pássaro e peguei a minúscula tira de papel delicadamente enrolada em sua perna.

Se você está lendo isso, é porque encontrou. E, se encontrou, já sabe. Preciso ver você. Encontre-me no lugar onde nos esbarramos para passar informação. Responda dizendo a hora.

Por favor, venha.

E, por favor, tome cuidado.

As palavras eram cuidadosamente digitadas. Não havia assinatura — nenhum tipo de nome. E, embora eu soubesse que seria perigoso enviar a mensagem, tinha sido perigoso ler aquele bilhete — total e completamente idiota ao menos pensar em fazer o que ele dizia —, a verdade é que a vida de uma espiã não tem a ver com nunca correr riscos. Mas sim em com correr os riscos que valem a pena.

Capítulo Vinte e Um

— E os tubos de ventilação do porão? — perguntou Bex bem tarde na noite seguinte, quando nos sentamos junto a uma lareira que crepitava na biblioteca.

Balancei a cabeça.

— Coberta com 20 centímetros de concreto novinho.

— A lareira falsa no segundo andar? — sugeriu Macey.

— Talvez. — Pensei nas barras e nos cadeados que tinham sido instalados durante as férias de inverno. — Se conseguíssemos um maçarico. Alguma de vocês tem um?

Liz se animou, como se fosse dizer que sim, tinha mesmo um maçarico nos fundos do armário.

— Tenho medo de saber — falei, estendendo a mão para detê-la.

— Cara, eles realmente querem nos manter dentro da mansão, não é? — disse Macey.

— Não. — Bex balançou a cabeça e olhou para mim. — Querem manter o Círculo fora. — Ela aguardou um momento, enquanto absorvíamos a veracidade do que acabara de falar. — É perigoso. Perigoso *demais*.

— Concordo com Bex — disse Macey. — Ele está pedindo que você corra um risco muito grande, Cam.

Elas tinham razão, mas eu só conseguia pensar em como ele havia se infiltrado no meio das mesmas pessoas que estavam revirando o mundo atrás dele.

— Talvez seja minha chance.

— OK! Ótimo. Digamos que *não* seja verdade — concedeu Bex. — Digamos que o Sr. Solomon seja inocente, tenha sido acusado injustamente e que não matou... — Ela desviou o olhar e depois voltou-o para mim. — Digamos que ele seja o homem que conhecemos. O Sr. Solomon que *nós* conhecemos lhe diria para escapulir da Academia Gallagher, ir para a cidade e se encontrar com um fugitivo? Ele diria para você ser estúpida?

A resposta era óbvia. Provavelmente por isso nenhuma de nós a disse em voz alta.

— Por que *nós* não vamos? — sugeriu Liz, fazendo um gesto que incluía ela, Bex e Macey. — Nós o encontramos. Pegamos a mensagem. Trazemos para você.

— Não posso explicar, meninas — falei, balançando a cabeça. — Só sei que preciso ir.

— Isso não significa que tenha que agir como uma idiota! — disparou Bex, foi quando percebi que *Bex* estava sendo cautelosa. *Bex* tinha se tornado a voz da razão. — Você não entende, Cammie. Não foi obrigada a vê-los drogarem você e arrastá-la como se fosse uma boneca. Você estava lá, Cammie, mas não teve que ver sua amiga quase partir para sempre. Não imagina qual é a sensação.

— Sim — disse Macey, baixinho. — Ela *sabe*.

Olhei para as garotas a quem eu confiaria minha vida. Então pensei no meu pai e no homem a quem ele provavelmente tinha confiado a sua.

— Tenho que ir — falei. — É minha missão.

— E você é a *nossa* missão — rebateu Bex.

— O que estamos falando? — exclamou Liz. — Cam, não temos que fugir. Não precisamos nem ir sozinhas. Aposto que sua mãe...

— Não — interrompi. — Se ela for pega ajudando Joe Solomon... Não. Estamos por nossa conta.

— Eu sei, Cam — disse Bex, me fazendo parar. — Eu sei. Mas se fizermos isso sem cobertura...

— E se eles estiverem errados, Bex? — implorei. — E se essa for nossa única chance de descobrir o que aconteceu com meu pai? E se, enquanto todos estão atrás dele, ninguém estiver tentando deter o Círculo? *E se ele não for culpado?*

A voz de Bex soou firme, calma e forte ao me olhar e dizer:

— E se ele for?

Capítulo Vinte e Dois

Relatório de Operações Secretas
As agentes usaram um cavalo de Troia básico.
Mas substituíram o cavalo por uma minivan
Dodge 1987.

Bem, acabamos descobrindo que, quando uma das organizações secretas terroristas mais perigosas do mundo está atrás de uma de suas alunas, os seguranças da escola se preocupam menos em manter as pessoas do lado de *dentro* do que em mantê-las do lado de *fora*.

Ou pelo menos era o que Bex, Macey e eu dizíamos a nós mesmas enquanto estávamos deitadas debaixo de uma lona, um cobertor e cerca de dez milhões de cadernos de física, o mais silenciosamente possível, na traseira da van de Liz.

— Para onde esta noite? — perguntou o guarda no portão da frente.

Eu podia imaginá-lo debruçado na janela do motorista, mascando um chiclete.

Tive que prender a respiração enquanto esperava a voz baixa, com sotaque sulista, responder:

— Só um teste de estrada, Walter.

— De quanto é a autonomia dela agora, Lizzie? — perguntou o guarda.

Na luz que atravessava a trama do cobertor, vi que Bex também prendia a respiração.

— Quase 170 quilômetros por litro — disse Liz, sem pensar. — Quero dizer, 168, para ser específica. O que posso ser. Específica. Você me conhece, Walter. Sou muito detalhista. Estou saindo para testá-la no tráfego urbano, cheio de sinais. Não estou escondendo nada! — disse ela, e os olhos de Bex se arregalaram.

PRÓS E CONTRAS DE FUGIR DA ESCOLA
(Pelas agentes Morgan, McHenry e Baxter)

PRÓ: No que diz respeito a operações cavalo de Troia, a traseira de uma van não é nem de longe tão ruim quanto poderia ser.

CONTRA: Rebecca Baxter, apesar de suas muitas qualidades, é péssima em se esconder.

PRÓ: Não há nada como uma operação secreta sem supervisão e possivelmente ilegal para afastar da mente de uma garota a organização terrorista que está atrás dela — sem falar do dever de casa de Cultura e Assimilação.

CONTRA: A garota realmente deveria estar fazendo o dever de Cultura e Assimilação.

PRÓ: Quando você não tem uma aula de OpSec de verdade há meses, aproveita qualquer experiência prática que se apresenta.

CONTRA: Quando você não tem uma aula de OpSec de verdade há meses, é inevitável que se sinta muito, muito enferrujada.

Conheço as ruas de Roseville. Andei por elas com minhas colegas de turma. Passeei por elas de mãos dadas com meu primeiro (e, tecnicamente, único) namorado. Eu as vi cheias de torcedores de futebol e espectadores de desfile, de moças vendendo doces e bolos para arrecadar fundos para a igreja e de crianças se divertindo no sábado à tarde.

É tão americana quanto uma cidade pode ser, com sua praça, seu coreto branco e o letreiro do cinema, mas ali, parada na torre do sino da biblioteca, olhando para a praça lá embaixo, me pareceu diferente. Não havia nada ali além de mim e do céu — nenhum muro, nenhum guarda — e ainda assim me senti presa. Como os corvos, eu sabia que não poderia voar para longe.

— Você tem uma boa cobertura daqui — disse Bex.

Pela escuta em meu ouvido, ouvi Macey dizer o que eu já sabia:

— A praça está limpa.

Eu podia ver Liz na Van, contornando o quarteirão.

— Liz está rastreando você da van — falou Bex. — Temos dispositivos de transmissão de sinais extras fora da cidade, caso a van seja avariada.

Bex continuou falando, mas eu só pensava em como fazia frio. As estrelas pareciam mais brilhantes. A brisa soprava suave no meu rosto. Era como se todos os meus sentidos estivessem aguçados, e não pude deixar de pensar que a maioria das pessoas se sente assim às vezes — quando estão sozinhas ou no escuro. Quando ouvem um barulho no armário ou um estalo no assoalho, sentem isso. Não tem a ver com estar assustado — tem a ver com estar vivo. Os nervos se exaltam, levando mensagens ao cérebro, preparando-o para lutar ou correr e, naquela noite, bem, digamos que meus nervos estavam enfrentando um grande desafio.

— Cam? — chamou Bex, como se eu não a houvesse escutado. Mas ela estava errada. Naquela noite, eu ouvia, via e farejava *tudo*. — Vou para a minha posição. Você está bem aqui?

Olhei para a praça e balancei a cabeça.

— Estou.

— Você está segura aqui.

Ela tocou meu braço quase como se tentasse sentir meu cheiro, como se em breve tivesse que correr atrás de mim pelo mundo.

E então eu a vi se afastar.

Sozinha na torre, me lembrei de todas as coisas no mundo que eu sabia que eram verdades absolutas: Rebecca Baxter era a melhor espiã da Academia Gallagher e, definitivamente, a última pessoa que mentiria sobre minha segurança. Eu tinha sinalizadores GPS no relógio, nos sapatos, no prendedor de cabelo e no estômago (graças ao novo modelo comestível que Liz estava testando).

Minhas amigas e eu carregávamos botões de emergência que, se acionados, reuniriam um exército num piscar de olhos. Elas poderiam me rastrear em qualquer lugar do mundo (e Liz acreditava fortemente que na lua também).

Ainda assim eu não conseguia afastar a sensação de que, dali de onde eu estava, a praça parecia menor, ou talvez fosse o mundo que parecesse maior. Levei um binóculo aos olhos e vasculhei as ruas, dizendo a mim mesma que eu estava tão segura quanto era possível. Estava alerta. Podia lidar com qualquer coisa. Estava pronta para tudo...

Menos para a visão de uma silhueta alta de ombros largos, aparecendo no coreto como se viesse de lugar nenhum e dizendo:

— Olá, Garota Gallagher.

Capítulo Vinte e Três

A perspectiva é uma coisa poderosa. Sério. Recomendo *fortemente*. Há coisas que você não consegue ver a menos que fique de longe e observe com muita, muita atenção.

Quero dizer, se eu estivesse na praça, e não na torre do sino, provavelmente ouviria a garota dizer, "Ah, oi pra você também", mas teria perdido o modo como o garoto cambaleou para trás quando ela se virou. Talvez não tivesse notado seus ombros arriarem e sua cabeça balançando, como a de alguém que não tivesse encontrado o que procurava.

Talvez eu nunca tivesse percebido que Zach ficou desapontado ao encontrar outra garota no coreto.

— Macey? — perguntou Zach.

Ele parecia não acreditar nos próprios olhos, o que era o maior elogio de todos os tempos, porque *ninguém* jamais me confundira com Macey McHenry. Nunca. Mas estava escuro e, mesmo sem acesso ao maior armário de disfarces do mundo, Macey ainda era a filha da dona de uma rede de cosméticos. E, com uma peruca e o velho casaco de Zach, ela se revelara uma boa isca, ou pelo menos boa o bastante.

— Onde está Cammie? — indagou Zach.

— Você parece desapontado por me ver, Zach — provocou Macey. — Não gostou do meu casaco?

— Onde está ela? — insistiu ele.

— Na escola. — Macey mentiu, sem hesitar. — Assistindo por uma câmera ao vivo. Ela está em *segurança*. — Ela se aproximou, o encarando.

— Isso seria impossível por causa dos bloqueadores de sinais da escola, Macey. Agora, onde ela está? — Ele se virou. — Sei que está em algum lugar por aqui — disse ele, percorrendo com os olhos as ruas e os prédios em volta da praça.

— Ela está num lugar seguro, Zach. — Bex saiu de um vão escuro ao lado do cinema e foi para trás dele. — E queremos que continue assim.

— Preciso falar com ela — disse ele.

— Então fale — respondeu Macey. — Temos unidades de comunicação. Ela pode ouvir você.

— Preciso *vê-la*.

— Estou descendo — falei sem pensar, desesperada para entrar em ação, mas Bex levou a mão à orelha.

Ela gritou comigo:

— Fique onde está!

Mas eu já tinha ido.

— Sorte a dela ter vocês — disse Zach, após um longo tempo. — Ela precisa de vocês.

— O que você está fazendo aqui, Zach? — perguntou Macey, mas ele apenas balançou a cabeça e olhou para o chão.

— É complicado.
— Então descomplique.

Enquanto eu dizia essas palavras, já sabia que me arrependeria. E logo. Talvez Zach fosse uma isca e eu estivesse caminhando para uma armadilha. Talvez Bex poupasse o trabalho do Círculo e me matasse na mesma hora, mas não consegui ficar longe.

— Você está com ele — falei.

— Tecnicamente, ele está vagando por metade do mundo neste exato momento — disse ele, tentando fazer uma piada, mas minha mente estava acelerada.

— Liz e Macey me disseram que o fato de você estudar em Blackthorne não significa... — Minha voz falhou. — Mas você realmente está com ele.

— Garota Gallagher, ouça.

— E aí... o que aconteceu, Zach? O Círculo recrutou você também?

Ele me olhou por um bom tempo antes de baixar a cabeça e sussurrar:

— Não exatamente.

Na extremidade da praça, a luz de um poste piscou. Por uma fração de segundo, sombras se estenderam pela grama, e eu me encolhi, lembrando a última vez em que eu estivera sozinha com Zach e as luzes se apagaram. Lembrei-me do barulho de um tiro e de ver minha tia caindo na rua escura, enquanto um dos agentes do Círculo se posicionava entre mim e a liberdade. Mas, em vez de atirar, ele olhou para Zach e disse: "*Você?*"

— O que você está fazendo aqui, Zach? — perguntei, de repente sentindo a garganta muito seca.

— Ele me pediu que lhe transmitisse uma mensagem.

— Então *transmita*! O que era tão importante a ponto de eu ter que pôr minhas amigas em risco vindo escondidas até aqui? — perguntei. — Hein? O que era tão...

— Eu tinha que *ver* você. — Ele cobriu o espaço entre nós. Senti as mãos dele quentes dos bolsos quando elas se fecharam em volta dos meus dedos. — Eu precisava saber que você está bem. Tinha que ver você, tocar você e... saber.

Ele afastou o cabelo do meu rosto, seus dedos roçaram de leve minha pele.

— Em Londres... Depois de Washington... — ele não terminou.

— Estou bem — falei, me afastando. — As tomografias computadorizadas e os raios X foram normais. Nenhum dano permanente.

A maioria das pessoas acredita em mim quando minto. Eu havia aprendido a dizer as palavras do jeito certo. Tenho um rosto confiável. Mas o garoto na minha frente era um agente treinado, então Zach sabia. E, além disso, Zach me conhecia.

— Mesmo? — Ele tocou meu rosto de novo. — Porque eu não estou.

Eu não conheço Zachary Goode. Eu o havia tocado, falado com ele e sentido seus lábios nos meus, mas não o conhecia — não de verdade.

Eu podia sentir o tempo correndo e sabia que a garota que eu tinha sido no ano anterior estava oficialmente ultrapassada.

— Estou bem, Zach — falei, me afastando de novo. — Mas tenho que ir. Só temos meia hora antes que sintam a nossa falta.

Ele apontou para a escuridão.

— Quem mais está aí?

— Os mesmos de sempre — respondi, sem querer entregar muito o jogo.

— Sua mãe? — perguntou ele, mas não precisei dizer nada. Ele leu a resposta nos meus olhos. — Ótimo. Ele não quer que ela se arrisque.

— Por quê? Se ele se importasse com ela... — Tremi.

— Então eles lhe contaram? — Ele também se afastando.

— Sim. Eles me contaram que ele faz parte do Círculo e que ele... Que meu pai está morto por causa dele. — Meu coração estava disparado. Minha garganta queimava. — É agora que você nega tudo?

— Não. — Zach balançou a cabeça. — É agora que peço um favor.

— Você é muito descarado — disse Bex, dando um passo à frente, mas os olhos de Zach não desgrudaram dos meus.

— Há um livro, Garota Gallagher — falou ele, engolindo em seco. — Deve ser a única coisa no mundo em que eles querem pôr as mãos tanto quanto em você.

— Que tipo de livro? — perguntei.

— Um diário. Joe... o Sr. Solomon precisa que você o leia.

— Onde está o livro? — indagou Bex.

— Vocês não vão gostar de saber. É perigoso e...

— *Onde está*? — dissemos Bex, Macey e eu em uníssono.

— No Subsolo Dois.

— Nos Subsolos? — Bex balançou a cabeça. — Não. Não pode. Eles estão fechados. Fora dos limites.

— Ah, e isso sempre deteve vocês? — contrapôs Zach. — Olhe, eles não estão tecnicamente fechados... só programados para explodir se alguém chegar perto deles — disse ele, como se encontrássemos explosivos altamente perigosos todos os dias. E... bem... nós encontramos.

— Como você sabe sobre os Subsolos? — perguntei, já certa de qual seria a resposta.

— Uma semana antes de eu me encontrar com você em Londres, Joe ouviu que a CIA tinha uma fonte que havia começado a falar. Ele teve que sumir do mapa. E rápido. Eles estavam atrás dele, Garota Gallagher, e não podia correr o risco de ser pego, então...

Zach respirou fundo e abriu seu sorriso mais malicioso.

— Sei dos Subsolos porque foi Joe Solomon que os armou.

Capítulo Vinte e Quatro

Joe Solomon não pôs os dispositivos para explodir, implodir ou encher de água os subsolos da Academia Gallagher para Garotas Superdotadas.

Não me entenda mal — todas essas coisas poderiam *perfeitamente* acontecer! Mas não importa o que você possa ter ouvido por aí, não foi o Sr. Solomon que pôs os artefatos no lugar — foram os fundadores da Academia Gallagher, há muito, muito tempo. Antes de eu nascer. Antes de minha mãe ter nascido. Afinal, quando você tem tantos segredos escondidos no mesmo lugar, é importante protegê-los. E, se as medidas de segurança falham, é importante destruí-los.

Então, eu realmente gostaria que as pessoas entendessem bem: o Sr. Solomon *não* implantou os explosivos que poderiam destruir os subsolos!

Ele apenas os armou.

Ou pelo menos foi o que Zach nos disse.

E esse... sim, esse era o problema.

— Qual é a dificuldade? — perguntou Liz, apesar de o Dr. Fibs e madame Dabney estarem na frente da sala, no meio de uma interessantíssima aula sobre técnicas de escrita secreta (e por que uma Garota Gallagher realmente deveria aprender a criar sua própria tinta invisível e treinar caligrafia). — São os sensores nos poços dos elevadores? — chutou ela.

Balancei a cabeça.

— O intervalo de dois segundos para que os dispositivos anti-invasão entrem em ação e nós sejamos... destruídas.

— Meu Deus! — gritou o Dr. Fibs.

Ergui os olhos e vi que ele sem querer havia derramado sua mais nova mistura invisível em cima de madame Dabney e que a blusa branca dela ficava mais e mais transparente a cada segundo.

— Sei o que você está pensando, Cam — prosseguiu Liz. — Temos pensado num jeito de entrar no... *você sabe onde*... há semanas e não estamos nem um pouco mais perto. Mas isso não é bem verdade!

Na frente da sala, madame Dabney (que, a propósito, usava um sutiã muito mais sexy do que qualquer um imaginaria) começou a limpar a frente da blusa com uma velha toalha de mesa, enquanto o Dr. Fibs pegava um isqueiro.

— Lembrem-se, garotas, a tinta volta a ficar visível quando exposta ao calor!

O Dr. Fibs gritou quando acendeu o isqueiro e a toalha de mesa que estava nas mãos de madame Dabney começou a pegar fogo.

— Temos uma entrada e uma saída estratégicas e... temos um monte de estratégias! — disse Liz, com os olhos arregalados.

Naquele exato momento, percebi que uma parte dela não se importava com o fato de Zach e do Sr. Solomon terem nos pedido que fizéssemos algo que nunca tinha sido feito em cento e cinquenta anos. Para Liz, era só um quebra-cabeça, um teste. E ela é muito, muito boa em testes.

— É, Cam — prosseguiu ela, assim que a fumaça sumiu (literalmente) e nós começamos a juntar nossas coisas e sair da sala. — Vamos dar um jeito.

— Dar um jeito no quê? — perguntou Bex, nos alcançando e caminhando ao nosso lado.

— Nada — sussurrei.

— Resposta errada — disse Bex, se inclinando para mais perto, a voz quase inaudível em meio às conversas das garotas que enchiam os corredores. — Agora me digam, qual é o problema?

— Zach — sugeriu Macey, dando de ombros. — Só pode ser Zach, não é?

— Quer dizer que você *não* está preocupada com as câmeras dos subníveis, todas de última geração, cobertura de 360 graus e sensíveis ao calor? — perguntou Liz, e eu não soube dizer se ela estava debochando de mim ou não.

— Ele está escondendo alguma coisa de nós — sussurrei.

— Tipo o quê? — perguntou Bex, voltando a demonstrar interesse.

Tipo o que há de tão importante nesse diário? Tipo por que aquele homem em Washington não atirou nele e me sequestrou quando teve a oportunidade? Pelo menos uma dúzia de perguntas me vinha à mente, mas os corredores estavam apinhados, e só me atrevi a dizer uma coisa:

— Apenas há... alguma coisa.

— Ele é um garoto, Cam. — Macey passou por mim e seguiu à nossa frente pelo corredor. — E um espião. Um garoto espião. Ele sempre vai esconder alguma coisa.

— Ele lutou do nosso lado... em Washington — disse Liz. Não havia dúvida em sua voz, nem medo. — Sei que você não viu, Cam. Sei que eles tinham drogado você, batido na sua cabeça e tudo mais. Ele e o Sr. Solomon lutaram *do nosso lado* — falou uma última vez, depois se virou e correu para a sala de aula do Sr. Mosckowitz.

Eu me voltei para Macey.

— Então ele é misterioso — disse ela, dando de ombros. — Misterioso e *sexy*. — E então foi a vez dela me dar as costas e sair pela porta da frente, rumo à aula de P&CL.

Quando me virei para Bex, queria que ela dissesse que tudo ia ficar bem — que não havia nada que nós quatro não pudéssemos fazer, e que era apenas uma questão de tempo até que encontrássemos um jeito de entrar no Subsolo Dois, limpássemos o nome do Sr. Solomon e contivéssemos o aquecimento global (não necessariamente nessa ordem).

Olhei para ela. E esperei.

— Não podemos confiar nele. — Ela passou por mim e entrou calmamente na sala 132. — Não podemos confiar em ninguém.

Queria dizer que ela estava errada (mas não estava). Achei que eu podia pensar em um jeito de provar que ele era uma exceção (mas não podia). Queria que ela parasse de olhar para mim como uma espiã e começasse a falar comigo como uma garota, mas Garotas Gallagher só são superdotadas porque somos essas duas coisas — o tempo todo. Eu queria entrar na sala de OpSec e fingir ler qualquer que fosse o livro chato que Townsend nos passasse enquanto repassava todas as conversas que eu já tivera com Zach. Porém antes que eu pudesse dar um único passo, o agente Townsend apareceu na porta da sala, segurando um casaco, e disse:

— Segundo ano, venha comigo.

Eu sabia que estávamos sendo preparadas para estarmos sempre prontas para qualquer coisa — para nunca, jamais sermos surpreendidas —, mas, para ser sincera, a maioria das pessoas que conheço ainda me choca regularmente. (Como, por exemplo, a vez em que o Sr. Mosckowitz e Liz foram escalar juntos e nenhum dos dois morreu.) Mas, em cinco anos e meio na melhor escola para espiãs do mundo, poucas coisas haviam me surpreendido mais que andar junto com a turma de Operações Secretas do segundo ano, seguindo o agente Townsend pelos corredores.

Ele era o tipo de homem que sempre caminhava com determinação, nunca dava um passo hesitante, mas naquele dia andava ainda mais rápido. Parecia mais alto. E, embora ainda estivéssemos dentro da mansão Gallagher, algo me dizia que o agente Townsend finalmente tinha voltado a um território que ele conhecia.

— Hum... senhor... — disse Tina Walters, abrindo caminho pela multidão, tentando chegar o mais perto possível do homem à frente do grupo. — Vamos voltar para o Subsolo Dois? — perguntou, mas Townsend agiu como se ela não houvesse dito uma palavra sequer.

— Qual é a principal tarefa de qualquer agente de campo? — indagou ele, quase parecendo um professor de verdade. Quase.

— Recrutar, dirigir e manter ativos de inteligência — disse Mack Morrison, citando a página 12 de um antigo exemplar de *Entendendo a espionagem: um guia de Operações Secretas para iniciantes, Terceira Edição*, que todas nos revezamos para ler debaixo das cobertas, no sétimo ano.

O agente Townsend olhou para ela. Por uma fração de segundo, achei mesmo que ele ia sorrir, mas acabou dizendo:

— Errado.

Toda a turma pareceu parar por um instante. Townsend, por sua vez, continuou andando.

— A principal tarefa de um agente de campo é *usar* as pessoas, em geral estranhos. Às vezes, amigos. Secretárias, vizinhos, namoradas, namorados, guardas e velhinhas atravessando a rua. Usamos todos eles.

Ele parou no meio do saguão e se virou para nós enquanto, atrás dele, as portas principais se abriram. Uma van estava estacionada. Eu me senti tentada a fechar os olhos e fingir que aquilo era uma aula de Operações Secretas de verdade, que tínhamos um professor de verdade novamente.

No entanto, Townsend disse:

— Mas, é claro, se isso de algum modo estiver abaixo de uma Garota Gallagher...

— Não, senhor! — exclamou Tina.

Ele deu um passo para o lado e gesticulou para as portas abertas.

— Então, vá na frente.

O que aconteceu depois foi uma explosão de emoção e adrenalina, como fazia semanas que eu não sentia.

Eu estava intoxicada. Quase como se estivesse bêbada. E ainda assim fiquei imóvel, observando minhas colegas saírem correndo pela porta em direção à van.

— Parece que você acha que é uma atividade opcional, Srta. Morgan? — O agente Townsend me encarava, do outro lado da porta aberta.

— Claro que quero ir, mas há todas essas medidas de segurança... — Desviei o olhar, incapaz de encará-lo ao admitir: — A professora Buckingham disse que não tenho permissão para sair da escola.

— E você acha que me esqueci disso?

— Não, senhor.

— Então acha que sou idiota?

— Não, senhor, eu...

— Não se preocupe, Srta. Morgan, sei que você é *especial*. E, por causa de você e de sua mãe, gastei muito tempo e energia tomando providências *especiais* — disse ele, com um sorriso condescendente. — Mas se você quiser ficar na mansão...

Não o esperei terminar. Já estava do lado de fora.

Capítulo Vinte e Cinco

Espiões precisam de operações secretas. Sei que parece loucura, mas é verdade. Porque, embora nossos cérebros tenham... você sabe... tamanho normal, todo agente secreto sabe que qualquer mente é grande o suficiente para que nos percamos nela — para enlouquecer quando se tem muito tempo e muito espaço para deixar seus maiores temores correrem soltos.

Por isso, espiões *precisam* de operações secretas. E, ao me sentar ao lado de Bex na van da Academia Gallagher que nos levaria para fora dos altos portões de metal que ficavam entre eu e o mundo lá fora, tive que perguntar:

— Você está ouvindo isso?

— O quê? — retrucou ela. — Uma vozinha dizendo que seria melhor você ter ficado onde estava?

— Não. — Sorri. — Liberdade.

Ela olhou para mim como se eu estivesse mais maluca do que o normal, mas não me importei.

Eu estava numa van! (E dessa vez no assento mesmo, algo de que, deixe-me dizer, você não sente falta até não poder usar.)

Eu estava fora da escola!
Eu estava indo para uma missão!
Eu estava indo para...
Olhei pela janela e me dei conta de que eu não tinha a menor ideia de aonde estava indo.
E isso só tornou tudo muito melhor.

Viajamos em silêncio durante duas horas; os únicos sons eram o zunido da van e, de vez em quando, um ronco (sim, *ronco* mesmo) do Sr. Townsend, desabado no banco da frente, dormindo.

À medida que a estrada se estendia à nossa frente e a viagem ficava mais e mais longa, eu tinha quase certeza de que não era a única Garota Gallagher na van perfeitamente ciente de três fatos importantes. 1) Estávamos perdendo o almoço. 2) É meio difícil parecer uma superagente durona e altamente qualificada quando seu estômago está roncando. E 3) Havia meses que não tínhamos uma aula de Operações Secretas de verdade.

Estiquei os braços à minha frente e pensei ter sentido um estalo. Dizer que eu estava enferrujada era pouco.

Então a van fez uma curva fechada à direita, e Townsend sentou-se ereto com um pulo.

— Bom — disse ele, sem nem olhar pela janela. — Chegamos.

Caso eu não tenha mencionado isso antes, estudo em um *colégio interno*. Com portões. E muros. Saias plissadas xadrez e professores rigorosos. Por mais que minhas colegas e eu estivéssemos acostumadas a passar o tempo todo num lugar emocionante, meio perigoso e cheio de comida inacreditavelmente deliciosa, não conseguia me lembrar de uma única vez em que houvéssemos estado num lugar como *aquele*.

— Ai, meu Deus — disse Tina Walters, resumindo a reação de todas as meninas dentro da van naquele momento. — Isso é...

Mas antes que ela pudesse terminar, o agente Townsend abriu as portas, e as palavras de Tina foram abafadas pelo barulho ensurdecedor de uma montanha-russa voando em seus trilhos e de pessoas gritando a plenos pulmões enquanto os carrinhos mergulhavam depressa e depois voltavam a subir.

De algum modo, sentada no banco de trás da van, eu soube exatamente qual era a sensação.

— Muito bem — disse nosso professor dez minutos depois, como se quisesse acabar logo com aquilo para voltar a dormir —, todas têm um alvo. Um objetivo. E uma hora.

Enquanto falava, seu olhar percorria a entrada do parque de diversões como se um lugar com tantos turistas e calorias não nutritivas jamais fosse *diverti-lo*.

— Acredito que essas pessoas sejam decentes. Mas o mundo está cheio de pessoas decentes que detêm informações úteis, e temos que mentir para elas... temos que roubar delas. Se alguém tem problemas com isso... Bem, se você tem problemas com isso, é melhor escolher outra profissão.

Ele estava certo, claro. Não há um jeito fácil de dizer isso. Nós nos aproximamos de secretárias para podermos implantar microfones nos escritórios de seus chefes. Ficamos amigos de viúvas para podermos vigiar o quintal de seus vizinhos. Atuamos no ramo da inteligência humana, e a maioria das pessoas de quem precisamos para fazer nosso trabalho são indivíduos comuns que apenas estão no lugar errado, na hora errada.

Então contamos mentiras, roubamos e, acima de tudo, *usamos* as pessoas.

— Você — disse o agente Townsend, apontando para Mack. — Atrás de você há um homem de 40 anos, com um boné azul.

— Sim, senhor — respondeu Mack, mas não se virou para olhar na direção do homem.

— Você o está vendo? — perguntou o agente Townsend, frustrado.

— Sim, senhor. Boné azul, camisa polo verde, mochila azul-marinho.

Mack apontou o reflexo do homem no vidro atrás da cabeça do professor. Ele olhou para trás e o viu, e, por uma fração de segundo — não mais que isso — achei que ele talvez estivesse impressionado. Talvez.

— OK — continuou o agente Townsend devagar. — Esse homem acabou de pôr um pedaço de papel no bolso externo da mochila. Não me importa como vai conseguir fazer isso, mas você tem que descobrir o que está escrito naquele pedaço de papel.

Mack não precisou que ele repetisse a ordem. Deu meia-volta e se encaminhou para a multidão, enquanto eu me virava para avaliar o homem que ela iria seguir.

— Uau, ele sabe se misturar mesmo — admiti. — Eu jamais adivinharia que é da CIA.

— Ele não é — disse Townsend, ainda observando as pessoas no parque. — Ali, Srta. Walters — falou, apontando uma velhinha num carrinho elétrico.

— *Ela* é de Langley? — perguntou Tina.

— Não tenho a menor ideia de onde ela é. — Nosso professor deu de ombros. — O que sei é que ela acabou de guardar o cartão de crédito na bolsa, e sua missão é conseguir o número dele.

— Mas ela não é uma agente... — Tina hesitou. — Não sabe que é um exercício... Se eu for pega...

Townsend a encarou.

— Então não seja pega.

Ainda era um jogo, mas, pela primeira vez na história de nossa educação excepcional, as pessoas do outro lado não sabiam que estávamos jogando. Uma a uma, nossas colegas receberam suas missões, até que eu e Bex ficamos sozinhas com nosso professor.

— Baxter, você acha que consegue descobrir o número de série da nota de 5 dólares que o rapaz acabou de pôr no cofre do La Bamba?

A expressão dela dizia que sim, ela *achava* que conseguiria, mas mesmo assim não se virou para ir embora. Esperou o professor olhar para mim.

— Acho que isso nos deixa com Cammie Morgan. — Ele observou a multidão lentamente. — Acho que talvez possamos encontrar algo especialmente adequado para você.

Eu não sabia o que dizer, por isso fiquei em silêncio, esperando.

— Ali. — Ele apontou um homem usando um macacão do parque temático. — As chaves no cinto dele. Traga-me o molde de pelo menos três delas.

Ele sorriu, como se fosse muito esperto. Eu dei de ombros, como se aquilo fosse muito fácil. Depois, com minha melhor amiga ao meu lado, me virei e caminhei para a multidão.

Embora seja difícil admitir, para sua primeira aula, o agente Townsend conseguiu nos levar a um dos lugares mais desafiadores que um espião pode encontrar. Afinal, o Sr. Solomon tinha passado o último ano e meio nos treinando para ver, ouvir e observar tudo. E, enquanto eu andava pelo parque, aquilo era quase demais para meus sentidos altamente treinados absorverem.

— Uh! — exclamei, virando o pescoço ao passarmos por uma barraquinha vendendo alguma delícia frita num palito. — Quero um desses!

— Não temos dinheiro, Cam.

— Uuh! Quero andar naquilo!

— Só temos uma hora.

— Eu quero...

— Eu quero que você leve isto a sério, OK? — disse Bex, virando e parando na minha frente.

— Você está falando igual a sua mãe.

— Obrigada — respondeu ela, praticamente brilhando.

— Bex... — falei, devagar. — Estou bem.

— Você disse que...

— Bex — cortei-a e parei no meio da rua principal que serpenteava por todo o parque. — Você não deveria estar atrás daquele cara? — apontei o atendente que ia na direção oposta, empurrando um carrinho cheio de cadeados.

— Estou bem aqui — respondeu ela.

— Bex...

— Cammie...
— Encontre a vigilância — falei.
— O quê?

Lembrei-me do modo como os pais dela haviam nos guiado por Londres, do jogo que não fazíamos havia semanas.

— *Encontre a vigilância.*

— Homem vendendo balões perto dos carrinhos bate-bate — disse ela, sem piscar.

— A mulher com o algodão-doce — acrescentei, apontando apenas uma entre os seguranças que me cercavam a cada passo.

Era a vez dela, mas eu não podia afastar a sensação de que a brincadeira tinha acabado. Nós tínhamos parado de contar os pontos em uma ponte sobre o Tâmisa.

— Pelas minhas contas, há 13 agentes me seguindo neste exato momento. E esses são só os que identifiquei. Há câmera a cada 100 metros e, se não estou enganada, um helicóptero Falcão Negro acabou de sobrevoar a área.

— *Dois* Falcões Negros — corrigiu Bex. — Em revezamento.

— Está vendo? Estou bem. — Pela primeira vez em muito tempo eu estava falando sério. De verdade. Era como se os muros da escola tivessem sido removidos e transportados para lá. Era como a escola, mas com algodão-doce. Não é de surpreender que eu não tenha conseguido conter um sorriso ao perguntar: — Você acha que minha mãe deixaria o Sr. Townsend me trazer aqui se este lugar não fosse uma fortaleza da diversão em família? — Bex abriu a boca para falar alguma coisa, mas nem lhe dei chance. — Vá!

Por um momento ela simplesmente ficou ali, observando. Esperando. Depois minha melhor amiga se virou sem dizer mais nada.

Durante os vinte minutos seguintes, andei sozinha pelo parque movimentado — passei por filas de pessoas esperando para andar na roda-gigante e comprar algodão-doce, pela multidão que havia se juntado em volta de Eva Alvarez enquanto ela acertava os tiros em 97 patinhos seguidos. Montanhas-russas rugiam sobre minha cabeça, com seus passageiros aos berros e os trilhos rangendo. Rodas giravam, fontes respingavam, e o cheiro das pessoas e dos lanches e o calor pairavam à minha volta até eu me perguntar se passaria mal por causa daquela overdose de liberdade.

Então, quando o homem com a prancheta saiu da rua principal, não me importei.

Embora uma garota com o uniforme de uma escola particular provavelmente fosse se destacar num lugar público e movimentado, eu ainda era o Camaleão, prossegui com o mesmo passo tranquilo e com a distância segura que haviam sido implantados em meu DNA (fato que Liz certa vez tentara verificar no laboratório, no segundo ano, o que levou à regra "chega de amostras de sangue neste semestre").

Quando quis parar e observar os malabaristas, parei. Quando tive vontade de fazer caretas na sala de espelhos, fiz. Quando tentei experimentar um sanduíche de *waffle*, me amaldiçoei por não guardar na meia algum dinheiro para emergências, como vovó Morgan sempre havia me dito, e simplesmente continuei andando. No canto do meu olho, o homem de macacão era uma visão constante.

Talvez eu devesse mencionar que, em todo esse tempo, ele não se virou nenhuma vez. Não deu nem uma olhadinha para trás. Eu estava começando a achar que aquela era a aula de operações especiais mais fácil de todos os tempos, então ele atravessou um pequeno portão na cerca atrás do carrossel. Não hesitei. Não esperei. Simplesmente fiz o que nasci para fazer: eu o segui, certa de que os guardas que estavam atrás de *mim* logo fariam a mesma coisa.

Estava mais silencioso ali, atrás das barricadas. Um grande lago artificial se estendia ao meu lado. O cheiro de salsichão e pipoca desapareceu em meio ao cheiro de óleo e graxa. As luzes brilhantes e as rodas-gigantes do parque haviam sumido, substituídas por um labirinto de árvores cuidadosamente plantadas e um teto alto de treliça, perfeitamente planejado, que bloqueava o sol.

Pensei em todas as coisas que eu poderia dizer se alguém me visse: estava ali para encontrar meu namorado. Minhas colegas tinham me desafiado. Vi um animal indo naquela direção, e ele parecia estar ferido.

Não fiquei com medo quando o homem parou e abriu a porta de uma construção longa, escondida bem no meio do parque. Esperei dez segundos e então o segui, rezando para que as dobradiças não rangessem quando eu abrisse lentamente a porta e entrasse.

Em uma das paredes, via-se enfeites de Natal enfileirados; na outra, estrelinhas e bandeiras da Independência. Havia carrinhos bate-bate quebrados e desbotados, restos de vagões de madeira e uma estátua de palhaço. Era como um cemitério — onde a diversão morria.

Um pensamento dominava minha mente enquanto eu caminhava tranquilamente pelo corredor central — mergulhada nas visões, nos sons e nos cheiros que impregnavam o ar ao meu redor. Tanto por treinamento quanto por instinto, eu sabia que o homem havia sumido — perdido, fora de vista.

Mas então ouvi o fraco barulho de sapatos pesados no chão de concreto e soube que não estava sozinha.

— Você *realmente* não devia estar aqui.

Capítulo Vinte e Seis

A primeira vez que todas nós vimos o Sr. Solomon, achamos que ele era um agente altamente treinado, um experiente veterano de Operações Secretas e... bem... gato. Mas, um ano e meio depois, eu mal reconheci meu professor naquele homem de pé atrás de mim. Seu rosto estava esticado e pálido. Seu cabelo estava mais comprido, as roupas mais sujas. Porém, foi em seus olhos que notei a maior mudança quando ele caminhou na minha direção e disse:

— Cammie, você tem que vir comigo. Tem que vir comigo agora!

Quando ele estendeu a mão para mim, eu a afastei com um safanão. Não sabia se o abraçava ou se batia nele (um sentimento que, para falar a verdade, frequentemente associo a Garotos Blackthorne), então apenas balancei a cabeça:

— Não.

— Cammie, se *eu* ouvi falar que você estaria aqui, eles também sabem. Tenho que tirá-la daqui. Agora!

— É verdade, não é?

— O Círculo pode chegar a qualquer instante.
— Você é o Círculo.

Joe Solomon tinha muito mais experiência contando mentiras do que eu tentando detectá-las, no entanto pude ver a verdade em seus olhos.

— É verdade, não é? — perguntei, embora, bem no fundo, eu soubesse que não era exatamente uma pergunta. Embora eu *soubesse*.

— Lamento, Cammie. — Ele passou a mão pelo cabelo. — Cammie, eu sin...

— Não — falei, sem nenhuma emoção.

Eu estava andando para trás, a mão esquerda deslizando pela parede de tijolos de concreto. Meu olhar percorria o espaço em busca de um pedaço de cano ou uma ferramenta — qualquer tipo de arma.

— Cammie, me escute. Vou explicar tudo, mas, se minhas fontes estiverem certas, você não está segura aqui. Você tem que vir comigo.

— Não vou a lugar nenhum com *você*!

Já não estava pensando nos seguranças que, momentos antes, eu havia tido certeza que observavam cada movimento meu. Não acionei o botão de emergência que usava no pulso, como um relógio, nem pedi ajuda pela minha unidade de comunicação. E *não estava* pensando quando levei minha mão à lateral do rosto dele — com força.

Foi apenas um tapa — nada especial. Dificilmente ensinariam aquilo na aula de P&CL. E ainda assim eu fiz de novo. E de novo.

— Não vou a lugar nenhum com você! — falei, enquanto batia. — Não vou. Não vou. Não... — Parei e o encarei. — Como foi capaz?

— Eu era jovem, Cammie.
— Você tinha a *minha* idade. Depois cresceu e... — Eu não queria chorar, por isso gritei: — Você o matou!

Eu esperava que ele fosse reagir, me derrubar ali mesmo. Ele era maior, mais forte e mais experiente, mas a raiva tem força própria. Ele acabou cambaleando para trás como se soubesse disso — como se estivesse com medo de mim.

— Ele está morto por sua causa! — gritei, dando um passo à frente, mas o Sr. Solomon não tentou bloquear o golpe.

Em vez disso, encostou na parede, os olhos mais profundos, sombrios e tristes do que qualquer outra coisa que eu já tinha visto na vida. O melhor amigo do meu pai me encarou e, com a voz falhando, sussurrou:

— Eu sei.

Já repassei mil vezes em minha mente a cena que aconteceu em seguida. E provavelmente ainda repassarei outras mil. Tudo o que sei com certeza é que um homem que eu respeitei, em quem confiei, que amei e odiei (nessa ordem) estava na minha frente, desmoronando. E, no instante seguinte, o tempo pareceu congelar quando a porta se escancarou, uma sombra comprida se projetou no chão de concreto, e ouvi uma mulher dizer:

— Ele disse que encontraríamos você aqui.

Eu me lembro de tudo sobre minha viagem a Boston no último verão — os balões, o barulho da multidão e, acima de tudo, o modo como uma mulher e dois homens usando máscaras partiram para cima de mim sob as sombras das hélices de um helicóptero.

— Não — falei, como se essa simples palavra pudesse impedir que aquilo acontecesse de novo.

A mulher parecia tão calma parada ali diante da porta aberta, como se nada pudesse dar errado dessa vez. Como se houvesse acabado.

Levei a mão ao relógio no meu pulso e apertei o botão várias vezes, sem ousar pensar na probabilidade de derrotar o Círculo pela terceira vez — sem querer perder mais um segundo sequer.

— Não! — gritei.

Não importava que ela fosse mais velha, mais alta e provavelmente mais experiente — avancei para cima dela, ciente de que minha única esperança estava do outro lado daquela porta.

Mas então parei, porque a mulher já não estava mais sozinha. O agente Townsend estava lá. Ele olhava para Joe Solomon e para mim como se o Natal tivesse chegado antes da hora.

— Você estava certo — disse a mulher, sorrindo para o agente Townsend. — Foi bem fácil mesmo.

Olhei para a mulher que eu poderia jurar que estivera em Boston com meu novo professor. Não fazia sentido, mas sentido era a última coisa no mundo com a qual eu podia me preocupar, porque Joe Solomon passava por mim correndo, voando pela porta aberta. Num único movimento ágil, ele derrubou Townsend e a mulher.

Corri para fora e vi os três rolando por uma colina, lutando em meio à terra e plantas. A poeira rodopiava à minha volta, e, parada ali, percebi que não tinha ideia de em quem confiar. Tudo de que tinha certeza era de que, às vezes, tudo o que um agente tem é um segundo — nada mais.

E aí eu já havia começado a correr.

Capítulo Vinte e Sete

Era uma armadilha. Era uma armadilha. Era uma armadilha.

Essas palavras ecoavam em minha mente, no mesmo ritmo com que meus pés tocavam o chão.

— Bex! — gritei, enquanto corria por entre as árvores altas ao redor da montanha-russa.

Bem acima de mim, pessoas voavam pelo céu, mas ali embaixo havia apenas estática na minha unidade de comunicação, e a área mal-acabada que nenhum turista jamais deveria ver. Saltei sobre refletores e cabos enquanto fugia para o alto de um morro, sem me permitir pensar nenhuma vez sequer no Sr. Solomon, na mulher e no agente Townsend. Apenas continuei correndo — em direção ao lago, à cerca, à ajuda.

Era uma armadilha.

No topo do morro, ouvi os barulhos do parque vindo do outro lado do lago. Tudo o que eu tinha que fazer era continuar correndo, continuar lutando, mas então os vi — os agentes que tinham estado no meio da multidão o dia todo — me seguindo, observando todos os meus movimentos. Eles vinham descendo pela mata — por trás das árvores altas e dos grandes pilares da montanha-russa, passando por mim correndo.

Passando por mim?

Nenhum deles tentou me levar a um lugar seguro. E naquele momento entendi que eles não eram protetores. Eram caçadores. E eu? Eu era a isca.

Era uma armadilha.

Ouvi passos atrás de mim, rápidos e pesados.

— Zach — gritei para o garoto que corria na minha direção.

— Onde ele está? — berrou ele, sem fôlego. Eu me lancei para a frente e o agarrei. — Deixe eu ir, Garota Gallagher. Tenho que...

— Quer que eles peguem você também? — gritei, sacudindo-o. Quando ele parou de lutar, eu o abracei com força. — Eles o pegaram, Zach. — Ouvi as palavras de minha mãe se repetindo. — Ele se foi.

O Sr. Solomon estava deitado na clareira lá embaixo, ensanguentado e amarrado, enquanto agentes se aproximavam vindo de todas as direções, como um formigueiro. Lembrei-me da vez em que, durante um voo de helicóptero para Ohio, nos dissera que, às vezes, a coisa mais difícil para um agente é não fazer nada. Parada ali naquele dia, soube que era verdade — Joe Solomon estava sempre certo.

— Idiota! — berrou Zach. Ele deu um soco com força no tronco de uma árvore, e eu não saberia dizer se foi pior para a mão dele ou para a árvore. Ele se virou para mim. — O que aconteceu?

— Exercício de OpSec. Segui um homem até aqui. E então encontrei o Sr. Solomon. Ele falou do círculo, disse que eu estava em perigo． Aí apareceu uma mulher. Achei que fosse a mesma de Boston.

— Não era ela, Cammie.

— Agora eu sei.

Ele segurou meus ombros. Pude ver o medo em seus olhos ao sussurrar:

— Joe Solomon jamais estaria com *ela*.

A montanha-russa rugiu acima de nossas cabeças e senti o chão tremer sob meus pés.

— Por que ele viria aqui? — perguntei. — Era uma armadilha. Joe Solomon caiu em uma armadilha.

Acredite ou não, de todas as coisas que eu tinha visto e ouvido desde Londres, aquilo era o que mais me surpreendia.

— Por você. — Zach parecia quase surpreso por eu não saber. — Se ele achasse que você estaria aqui... praticamente desprotegida... Ele iria a qualquer lugar para salvar você.

— Por que ele faria isso? — rebati, tentando me afastar, mas ele me segurou com mais força. — Não faz o menor...

— Está no diário, Cammie — Os olhos de Zach se cravaram nos meus. — Está tudo no diário.

— Cammie! — alguém chamou.

— Acho que a vi! — gritou outra pessoa.

As vozes de minhas colegas soavam no meu ouvido. Eu sabia que elas haviam cruzado a cerca e se aproximavam, correndo, mas o olhar de Zach não se desviou do meu.

— Olhe para mim. — As mãos dele me apertavam como um torno. — Leia o diário, Garota Gallagher. Leia ele inteiro.

Zach me puxou para mais perto e me abraçou tão apertado que eu mal conseguia respirar. Pressionou com força seus lábios na minha testa por uma fração de segundo — não mais que isso — e, quando finalmente me soltou e desapareceu no meio das árvores, achei que eu fosse cair.

— Meu Deus, Cam, você está bem? — gritava Eva Alvarez. — Você está... — ela se interrompeu, sem ar.

Parou abruptamente e se virou, assim como minhas outras colegas, para a cena atrás de mim. Os agentes. O caos. O sangue. E nosso ex-professor deitado de bruços no meio de tudo aquilo, as mãos amarradas, as pernas acorrentadas. Inconsciente.

— Aquele é o Sr. Solomon? — perguntou Anna.
— É — respondeu Bex, em voz baixa.
— O que... — Tina engasgou. — O que é isso?
— Foi uma armadilha.

Capítulo Vinte e Oito

Você pode achar que seria impossível uma van cheia de adolescentes permanecer em completo silêncio durante uma viagem de duas horas, mas, naquela noite, não ouvi uma única voz. Caía uma chuva fraca, e apenas o barulho dos limpadores de para-brisa e da água espirrando na lataria quebrava o silêncio no longo caminho de volta à escola.

Eu conhecia aquele som. Já o ouvira uma vez em nossa casa em Arlington enquanto os vizinhos chegavam nos trazendo comida e suas condolências. Eu tinha sentido aquilo no rancho quando parentes que eu mal conhecia invadiam a varanda de meus avós, porque a casa era pequena demais para comportar todos nós e a notícia de que meu pai jamais voltaria. A turma de Op-Sec estava de luto, e, uma a uma, todas as garotas na van se deram conta do que eu e minhas melhores amigas já sabíamos havia semanas: que o Sr. Solomon não estivera numa missão. Ele havia partido, mas de um jeito bem diferente.

Quando atravessamos os portões naquela noite, parecia que todas as luzes da mansão estavam acesas. Eu podia imaginar as garotas lá dentro, rindo e descendo as escadas para o jantar, conversando sobre trabalhos e provas. Mas, ao sair da van e ver o agente Townsend entrar pelas portas da frente a passos largos, todas nós ficamos imóveis, a chuva caindo à nossa volta enquanto absorvíamos tudo o que tínhamos visto, sem querer levar nada daquilo para dentro da escola.

— Eu não sabia — disse Anna Fetterman. — Eu não podia nem imaginar. Estou cometendo um erro, não estou? — Ela olhou diretamente para mim, como se eu devesse saber. — Eu não deveria seguir a carreira de agente secreta. Eu não podia... Eu nunca soube.

— Ninguém sabia. — Eva Alvarez passou um braço em volta dos ombros de Anna. — Ninguém sabia o que ele era.

— É.

Ninguém me ouviu sussurrar, mas não tinha problema. Afinal, ninguém mais estivera no cemitério do parque de diversões e o ouvira dizer que o Círculo estava chegando. Nenhuma outra pessoa tinha sentido suas mãos mornas na ponte. Naquele momento, eu devia ser a única Garota Gallagher do mundo que sabia que não se devia falar do Sr. Solomon no passado.

Então andei em direção à porta e entrei, certa de uma coisa: Joe Solomon estava bem vivo.

Na verdade, tecnicamente, eu *tentei* entrar.

O hall de entrada e as escadas estavam lotados de garotas, e precisei de toda a força para sair da chuva e me enfiar por entre a multidão que olhava para minha mãe e para o agente Townsend, parados no meio do saguão.

— O que está acontecendo...

— Shhh — sibilou uma veterana, cortando Tina no meio da frase.

— A propósito, de nada — disse Townsend, virando-se para a escada.

Mas minha mãe bloqueou a passagem dele, parecendo qualquer coisa, menos grata.

— Você não tem o direito de tirar minha filha da minha escola...

— *Sua* escola?

Ele deveria estar com medo. A última vez que eu tinha visto minha mãe daquele jeito fora numa rua em Washington, e a irmã dela estava caída, sangrando.

Ele deveria estar apavorado.

— Minha filha não é um brinquedo para ser usada em suas loucuras!

— Rachel, não pense nela como um brinquedo. É mais como... Como é que vocês dizem mesmo?... Nós penduramos uma maçã na frente de Joe Solomon e...

— O certo é *cenoura* — corrigiu minha mãe. — E não se aplica a adolescentes.

Townsend sorriu, com um brilho de astúcia nos olhos.

— Ah, é? Talvez vocês usem maçãs para outra coisa.

Algumas pessoas acreditam que o segredo da força é saber como bater — como transferir o peso do corpo, calcular o golpe, desferi-lo do jeito certo. Mas não é isso. Ali, espiando por entre a multidão minha mãe e o homem que havia me levado para fora da segurança da mansão, entendi que a verdadeira força é *não* bater quando o que mais se quer é matar.

Townsend também deve ter sentido isso, porque algo mudou nele.

— Tínhamos trinta agentes dentro do parque e outros sessenta cercando o perímetro. Ficamos de olho nela o tempo todo. Sabíamos que Solomon iria aparecer e, assim que ele fez isso, nossos agentes partiram para cima dele. Ela estava bem.

Ele se inclinou para minha mãe, sem piscar, sem provocar nem debochar. Riu, mas não como se aquilo fosse engraçado. Era mais uma risada de descrença.

— Sra. Morgan, nós o pegamos!

— Se você puser uma aluna desta escola em perigo mais uma vez...

— Achei que Garotas Gallagher fossem imunes ao perigo.

Apesar de haver centenas de garotas no saguão, nenhuma se mexeu, bufou nem tentou defender nossa honra. Ficamos em silêncio, esperando nossa diretora responder:

— Ah, nós estamos bastante acostumadas a sermos subestimadas, agente Townsend. Na verdade, até gostamos disso.

Aquela conversa provavelmente violava todos os códigos de espiões, de professores e de diretores do mundo, mas não importava. Eles não viam as centenas de garotas que estavam assistindo. Apesar de seu treinamento, não perceberam que todas nós prendíamos a respiração. Aquela briga era como a maré: estava para acontecer havia muito tempo e não podia ser contida.

— Joe Solomon só aceitou esse emprego quando soube que daria aula para sua filha, não é verdade?

Minha mãe cruzou as mãos à frente do corpo.

— Já respondi a essa pergunta e dei todos os detalhes a pessoas com muito mais autoridade que você.

— E você não achou estranho? Um homem como Joe Solomon vir trabalhar *aqui*? — Ele riu de novo. — Mas é claro que o Círculo sempre gostou de recrutar agentes jovens. Como é mesmo que eles dizem? Quanto mais verde o fruto, mais fácil.

— É — admitiu minha mãe.

— Ele ficou aqui um ano e meio? — perguntou Townsend.

Minha mãe respondeu com a voz calma, como se ele tivesse feito uma pergunta sobre o clima:

— Ficou.

— É bastante tempo... O suficiente para recrutar qualquer um de quem precisasse. Conseguiu alguém?

— Já informei a seus superiores, agente Townsend, que, se o Círculo tiver algum aliado aqui, é melhor essa pessoa rezar para que você a descubra antes de mim.

O agente Townsend era um homem grande para os padrões de operações secretas. Era pelo menos quinze centímetros mais alto e trinta quilos mais pesado que minha mãe (isso sem contar o ego dele), e mesmo assim eu não tinha dúvida de que ele sabia que ela estava certa.

Ele a observou se virar devagar e começar a subir a escada. Ela já tinha quase sumido quando ele gritou:

— Joe Solomon não vai machucar a sua filha, Sra. Morgan. Não precisa se preocupar. Ele nunca mais vai machucar ninguém.

Naquele momento percebi que ele acreditava naquilo de verdade e, por um segundo, quis acreditar *nele*. Afinal, ele era um bom espião. Um agente sênior. Um professor. E parada ali, cercada pela minha irmandade, eu poderia ter me convencido de que era verdade — de que eu estava segura.

Mas então minha mãe parou e se virou.

— Desculpe, agente Townsend, mas Joe Solomon é o menor dos problemas de Cammie.

Nosso chef estava preparando minha sopa favorita para o jantar, mas minhas amigas e eu não corremos para o Salão Nobre. Ficamos paradas lado a lado, em silêncio, enquanto as outras alunas da escola seguiam pelos corredores e pela escada, carregadas por uma onda de fofoca, medo e descrença.

— Subsolo Dois.

Eu não sussurrei. Agora sei que foi besteira, mas, naquele momento, eu, Cammie, o Camaleão, não tive força para me esconder.

— Nós *vamos* encontrar um jeito de entrar no Subsolo Dois.

Capítulo Vinte e Nove

Como *Não* Invadir o Subsolo Dois
(Por Cameron Morgan, com
a ajuda de Macey McHenry)

- **Cavando:** Porque seria preciso cavar... *muito*. Além disso, a equipe de manutenção certamente perceberia se um grande buraco aparecesse no campo de lacrosse. (E mais, arruinaria as unhas.)

- **Qualquer coisa que envolva o poço do elevador:** Certo, toda Garota Gallagher recebe um pé de cabra no primeiro dia de aula do oitavo ano, mas não é tão simples assim forçar a porta e deslizar pelos cabos até os subsolos. (Além do mais, nossa experiência comprovou que as portas da Academia Gallagher não são exatamente "arrombáveis").

- **Bajulação:** Porque isso pode fazer com que os *bajulados* suspeitem dos planos e das intenções dos *bajuladores* — sem contar que até mesmo os membros mais corajosos da segurança provavelmente teriam medo de nos levar aos subsolos e serem... você sabe... mortos.

- **Teletransporte:** Liz garante que tem trabalhado numa teoria excelente, mas ainda não tem um protótipo e, sem isso, o assunto fica bastante controverso.

- **Aquela coisa que os pais de Bex fizeram em Dubai, com nitrogênio líquido, um simulador de terremoto e um furão:** Porque não temos um furão.

Levou apenas três semanas.

Sei que parece muito tempo — e é. Mas também não é. Porque... bem... quando se trata de atividades clandestinas, nada nunca acontece depressa (exceto quando acontece). Nada nunca, é fácil (exceto quando é). E, acima de tudo, nada nunca sai exatamente como planejado (exceto quando sai).

É um trabalho sujo, quase sempre lento, tedioso, repetitivo, trivial, deprimente e, em geral, chato (exceto pelas partes em que as pessoas podem morrer).

Poderíamos ter conseguido antes, e ainda não pareceria rápido o bastante. Poderíamos ter passado anos planejando e mesmo assim não nos sentiríamos preparadas. Então, é isso. Levou três semanas.

Para Liz quebrar o código. Para Macey e Bex juntarem tudo de que iríamos precisar. Para eu planejar nossa entrada.

À uma hora da manhã do dia em questão, estávamos descendo pelo corredor do terceiro andar o mais rápida e silenciosamente que podíamos, sem deixar óbvio que estávamos tentando ser rápidas e silenciosas.

As agentes entendem perfeitamente que, em caso de Negação e Farsa de Operações, o primeiro passo é a negação. E é muito mais fácil negar seu envolvimento em uma operação secreta ilícita quando se está usando pijamas.

— Tem uma coisa que ainda não entendi — sussurrou Liz. — Se o Sr. Solomon estava tão desesperado para pegar esse livro ou seja lá o que for que esteja no Subsolo Dois, por que ele tornou o acesso impossível?

— Porque queria tornar impossível o acesso das pessoas *erradas* — falei, espiando um corredor onde, bem na hora, o agente Townsend descia a escada.

Eu me joguei contra a parede, esquecendo que, até aquele momento, não tínhamos quebrado nenhuma regra e que havia pelos menos uma dúzia de motivos para que estivéssemos ali. Mas sou um camaleão. Sempre vou preferir ficar invisível a me justificar.

Os passos dele ecoaram como trovões no corredor vazio.

Não olhei para ele ao sussurrar:
— É agora.

À 1h35, as agentes seguiram até a pequena escada abaixo da Escadaria Principal, mas não pararam diante do espelho que escondia o elevador que levava aos subsolos.

À 1h36, o estômago da agente Morgan começou a roncar, e toda a equipe percebeu a importância de não pular as refeições antes de uma operação secreta incrivelmente importante!

Bex nos conduziu até o pequeno armário na base da escada e tirou de lá uma mochila que continha cintos de utilidades, cabos e um aparelho muito útil que Macey havia feito em sua aula de Introdução aos Acessórios (que nunca é sobre o que as novas alunas acham que vai ser).

Quando pusemos os pés do lado de fora, percebi que estava mais quente. A primavera estava chegando, mas eu mal havia notado.

— Olha. — Parei e encarei minhas três melhores amigas no mundo. — Só temos três minutos antes que os guardas fiscalizem esse setor e vou entender perfeitamente se vocês não quiserem ir. Não sei se isso vai dar certo e, mesmo que dê, não tenho a menor ideia do que vamos encontrar lá embaixo.

Pela expressão de Bex, eu soube que de jeito nenhum ela ficaria fora de algo tão secreto assim. E perigoso. E totalmente cinza numa escala de branco a preto do que é certo ou errado.

Ainda assim, tive que prosseguir:

— Se alguma coisa acontecer a uma de vocês... — Não consegui terminar.

— E se lá embaixo houver um computador que tenhamos que hackear em sessenta segundos? Você vai conseguir fazer isso? — perguntou Liz, prendendo um cinto sobre o pijama.

— Você acha mesmo que eu vou perder isso? — Bex pegou seu cinto na pilha.

Todas olhamos para Macey.

— Vocês precisam de mim — disse ela, estendendo a mão para seu cinto como uma rainha pegando o cetro.

Quando me inclinei para desativar os dispositivos de segurança em volta da pequena grade, senti Bex espiando sobre meu ombro.

— Sempre achei que os elevadores para o Subsolo Dois nos levassem a algum lugar por ali. — Ela apontou na direção oposta.

Sorri para ela.

— Mas não vamos para os elevadores, vamos?

Exatamente à 1h47, as agentes testaram sua teoria de que os espelhos nos novos pós compactos da McHenry Cosméticos tinham o tamanho ideal para se encaixar e desviar os raios laser que protegem a abertura de todos os pontos de ventilação.

(As agentes estavam certas.)

Precisamente às 2h07, as agentes testaram o novo Redistribuidor de Sinais Eletromagnéticos (nome oficial e patente ainda pendentes) que a agente Sutton havia desenvolvido para a ocasião.

(Funcionou.)

Às 2h08, a agente Baxter fez uma oração. E saltou.

O poço era pequeno. Uma loucura de tão pequeno. Do tipo "ainda-bem-que-eu-não-jantei". Um homem não passaria de jeito nenhum. Era uma entrada que só servia para uma garota. Uma Garota Gallagher, pensei enquanto deslizava pelo cabo como se fosse um poste de bombeiro, o grampo em minha mão esquentando, queimando minhas luvas enquanto eu escorregava para as profundezas.

Eu sabia que Bex estava embaixo de mim, mas não conseguia ver nada. Macey e Liz estavam acima, e eu esperava que fosse por isso que eu não conseguia ver nem um vestígio de luz enquanto mergulhava rapidamente no que parecia ser o menor vulcão do mundo.

Desci cada vez mais fundo. Caí cada vez mais rápido. Eu sentia o ar passando por mim, soprando o cabelo para longe do meu rosto, o cabo queimando minha mão até que...

— Cuidado! — gritou Bex, quando me vi livre do poço de repente.

Parecia que meus braços iam se deslocar das juntas quando apertei o grampo e parei brusca e imediatamente. Fiquei pendurada no cabo, olhando para o espaço cavernoso do Subsolo Dois.

— Não acredito que deu certo — reconheci, sem ar.

— Cam! — gritou Bex, me detendo antes que eu pudesse largar o cabo. — Não. Mexa. Um músculo.

Estávamos suspensas 9 metros acima do chão de pedra de uma sala que, apesar de minhas aulas no Subsolo Dois durante um semestre, eu nunca tinha visto. Os subsolos são um grande e intricado labirinto de salas e escritórios, bibliotecas e depósito de alguns dos segredos mais altamente confidenciais do mundo. E, naquele momento, Bex e eu estávamos olhando para o brilho fraco de luzes de segurança em uma sala enorme, cheia de centenas de prateleiras e armários de arquivos, um complexo sistema de eletricidade e explosivos...

E a malha de raios laser mais complexa que já encontrei.

— E então — disse Bex, sorrindo para mim sob a luz pulsante das lâmpadas de emergência —, quer dar uma voltinha?

Um instante depois, as vibrações no cabo ficaram mais fortes, e olhei para cima a tempo de ver Liz descendo a toda na minha direção, parando bem acima de mim.

Macey vinha logo atrás e perguntou, sem fôlego:

— O que é tudo isso?

Bex e eu olhamos para as fileiras de informações ultrassecretas e explosivos potentes que ocupavam toda a extensão da sala.

— Uma bomba — respondemos ao mesmo tempo, sem conseguir esconder o assombro na voz.

— Como assim?

— São as coisas que não podem cair nas mãos erradas. Nunca. As coisas que estão prontas para explodir se... o pior acontecer.

Isso era verdade. Mas era também assustador. Porque, naquele momento, tecnicamente, o pior que podia acontecer éramos nós, e aconteceu.

* * *

Bex foi a primeira a pular para o chão, ágil como um gato. Caiu entre os feixes vermelhos e foi se abaixando e pulando, abrindo caminho até o pequeno painel de um lado da sala. Se aquilo não fosse tão assustador, teria sido lindo. Como um balé. Mas com risco de vida infinitamente maior

— Agora, Liz — gritou Bex.

Liz sacou o arco e flecha e mirou na parede, 15 centímetros acima da cabeça de Bex.

— Hum... Liz... — começou Macey.

— Desculpe — disse Liz, mirando uns 30 centímetros mais acima.

Acho que nenhuma de nós conseguiu respirar enquanto a flecha cortava o ar, com um pequeno cabo preso a ela, e ia se cravar perfeitamente na parede, logo acima do painel.

— Impressionante — falei. — Agora, como nós treinamos... pegue o grampo extra e prenda-o no cabo de Bex. Isso. Assim mesmo. Você está indo...

— Ops.

Foi nesse momento que Elizabeth Sutton, a supergênia, esqueceu que sua bolsa estava aberta e deixou seu livro de Criptografia Avançada cair, aberto, no meio daquele campo minado de laser.

— Liz! — gritei, mas era tarde.

As luzes começaram a piscar. Abaixo de nós, os feixes de laser se moviam, linhas vermelhas escaneando o chão, e percebi qual era nossa única opção.

— O que vamos fazer? — gritou Macey.

— Correr!

Quando pulamos para o chão, eu não conseguia ouvir meus próprios pensamentos — quanto menos os passos das garotas que corriam ao meu lado. As luzes vermelhas giravam. Sirenes berravam. Era como se o Subsolo Dois estivesse pegando fogo enquanto Liz levava seu laptop para onde Bex estava, junto do centro nervoso eletrônico que controlava todo o moderno sistema de segurança.

Mas moderno... moderno era o menor dos nossos problemas.

Do outro lado da sala, havia uma enorme janela de vidro temperado. Por um segundo fiquei ali, me perguntando por que alguém instalaria uma janela numa sala subterrânea. Seria muito mais estranho e bem menos assustador se o espaço atrás do vidro não estivesse se enchendo de água rapidamente.

— Isso vem do... — começou Macey.

— Do lago.

— E se não fizermos parar... — continuou ela.

— Vamos nos afogar — falei, mas Macey já tinha saído correndo pela sala.

— O que fazemos agora? — gritou ela. Ela estava empurrando as pedras na parede, procurando alguma coisa. Buscando freneticamente um jeito de fazer a água parar de subir. — Onde está o interruptor. Achei que o Sr. Solomon tivesse dito a Zach que havia um meio de desligar essa coisa.

À medida que a água subia, o vidro temperado parecia brilhar e a luz ficava diferente. E eu não pude deixar de me lembrar da primeira missão que Joe Solomon me deu: observar as coisas.

— Já vi isso antes — falei, olhando fixamente para as imagens familiares no vidro, formas e linhas coloridas e brilhantes. — Macey, você já viu isso antes?

— Desculpe, Cam — respondeu ela, ainda procurando. — Estou um pouco ocupada agora.

— É igual o que tem lá em cima. Sabe, o grande? Só que... diferente. É quase como... — Não terminei. Minha voz falhou. E eu entendi o que tínhamos que fazer. — Não é uma janela. É um quebra-cabeça!

Quando o toquei, senti o vidro frio. O mecanismo tinha pelo menos cem anos, e, quando empurrei uma parte azul-escura do vidro, ela não cedeu, então pensei que eu estivesse enganada. Mas empurrei mais forte e... ela se moveu. A vidraça funcionava como um caleidoscópio, um monte de vidro e engrenagens escondidas que se moviam e giravam enquanto eu empurrava suavemente a parte azul até o centro da enorme moldura.

— Macey, me ajude aqui.

Começamos a trabalhar juntas, nossos olhos e mãos correndo alucinadamente as centenas de partes do vidro, o mais rápido e habilmente que podíamos, tentando reproduzir a vidraça da mansão para a qual eu nunca tinha olhado de verdade até Joe Solomon chegar a nossa escola.

No entanto, à nossa volta, as sirenes continuavam soando. As luzes continuavam girando. E, o pior de tudo, a água ainda subia.

— Lizzie? — ouvi Bex gritar atrás de mim.

— Quase... — disse Liz, os dedos voando no teclado do laptop. — Quase... *consegui!*

Imediatamente as sirenes silenciaram. As luzes pararam de girar. Pelo canto do olho, vi Liz e Bex baterem as mãos, comemorando, mas o fluxo de água não parou.

Pensei no que o Sr. Mosckowitz tinha dito ao agente Townsend naquela noite, nos corredores escuros — que cada geração havia acrescentado uma camada de defesa àquele lugar — e percebi que as primeiras Garotas Gallagher eram, de muitas maneiras, as mais inteligentes.

— Pronto! — gritou Macey, pondo a última peça no lugar, mas nada aconteceu.

A sensação era de ter passado uma eternidade antes que uma voz mecânica aguda ecoasse pela sala.

"IDENTIFIQUE-SE. IDENTIFIQUE-SE. IDENTIFIQUE-SE. QUEM ESTÁ AÍ?"

E então os instintos devem ter assumido o controle, porque nós quatro gritamos as primeiras palavras que nos vieram à mente:

— Nós somos as irmãs de Gillian!

Prendi a respiração e fiz uma oração até a água começar a baixar e a voz mecânica dizer:

"BEM-VINDAS AO LAR."

Capítulo Trinta

Há coisas sobre a Academia Gallagher que pessoas como Townsend nunca irão entender. Nunca. Sabe, a questão não é ser uma Garota Gallagher — é ser *uma das* Garotas Gallagher. No plural. Todas nós. Sem Bex, eu nunca teria acionado os sensores. Sem Macey, nunca teria resolvido o quebra-cabeça a tempo. E sem Liz... bem, Liz teve diversos papéis nessa operação em particular.

— Qual é mesmo a altura? — perguntou ela, andando ao meu lado.

— Nada *muito* alto — falei devagar, erguendo os olhos para as gigantescas prateleiras que cobriam as paredes do Subsolo Dois.

Ali não era o depósito dos produtos químicos. Ao olhar para as longas e altas prateleiras, não vi uma arma sequer. Mas a informação contida naquela sala era explosiva o suficiente para pôr minha escola abaixo, potente o bastante para envenenar todas as integrantes de nossa irmandade. E eu sabia que não ousaríamos ficar ali por muito tempo — que vivíamos sabendo "apenas o necessário" por algum motivo.

Infelizmente eu era a única que pensava assim.

— Ah, que legal! — Ouvi Macey gritar em frente a uma prateleira mais adiante, apesar de, lá em cima, metade da equipe de segurança da Academia Gallagher estar em alerta máximo, se perguntando o que teria acabado de acontecer no Subsolo Dois.

— Ei, Cam — chamou Bex —, você sabia que Amelia Earhart passou os últimos vinte anos de sua vida como agente secreta em Istambul?

Meio segundo depois, Macey veio correndo do fim de um corredor, com um arquivo nas mãos.

— Rápido, meninas, achei fotos da professora Buckingham... na Segunda Guerra Mundial... de roupa de banho!

Bex correu para ver as fotos, mas mantive os olhos fixos em Liz enquanto eu passava um cabo pelo cinto de utilidades preso em volta de sua cintura fina.

— Liz, isso é bobagem. Deixa que eu vou — falei.

— Mas, Cammie, Zach disse que estava bem no meio da prateleira mais alta. Vai ser muito difícil erguer alguém no lugar exato, e eu sou a mais leve — contra-argumentou ela, citando a única informação cientificamente verificável, e portanto relevante, que tínhamos.

— Você não precisa provar nada, Lizzie. Eu posso...

— Eles precisam de você, Cammie — disse ela, a voz não mais alta que um sussurro. — E, se o lado deles precisa de você viva... nosso lado precisa de você viva. — Ela olhou para cima, mirando as prateleiras altas, e respirou fundo, como se afastasse todos os pensamentos desagradáveis e se concentrasse num único fato mensurável: — Eu sou a mais leve.

— Bex, estamos prontas — avisei.

Um segundo depois ela apareceu, trazendo o arco e flecha de Liz. Ela pareceu não fazer esforço nenhum ao mirar no teto, a 15 metros de altura. Ouvi um cabo passar rapidamente, vi o emaranhado a meus pés desaparecer, até escutar o barulho metálico que o titânio faz ao se cravar em pedra.

— Pronta? — perguntei a Liz, que balançou a cabeça. — Você consegue — sussurrei, enquanto Bex segurava firme a outra extremidade do cabo e puxava.

No instante seguinte, Liz estava flutuando graciosamente (ou tão graciosamente quanto ela é capaz de fazer qualquer coisa) sobre as prateleiras com o aviso: CUIDADO! ALTA VOLTAGEM.

Prendi a respiração enquanto observava. Talvez por isso tenha sido eu a escutar aquilo, um zumbido, tão distante que a princípio achei que fosse o barulho de minha própria mente.

Mas então ouvi de novo.

— Vocês escutaram isso, meninas? — perguntei, tensa.

Bex estava tentando pôr Liz na posição certa, e Liz olhava para o aviso de alta voltagem como se sua vida dependesse daquilo, o que... bem... provavelmente dependia mesmo.

— Você ouviu isso? — perguntei a Macey.

— Estamos a 500 metros abaixo do solo — disse ela, dando de ombros.

Ela estava certa, claro. Eu devia estar mais segura ali do que em qualquer outro lugar do mundo, mas havia alguma coisa naquela estranha tranquilidade à nossa volta. Fiquei um longo tempo parada, ouvindo as batidas do meu coração — um ritmo que não diminuía havia meses até...

— Aí — falei, e dessa vez Macey também parou.

— Talvez seja uma fornalha ou algo assim — sugeriu ela, quando o som ficou mais alto.

Prendi a respiração.

— Esta sala não tem aquecimento.

— De quanto tempo você ainda precisa, Liz? — Bex quis saber.

— Estou quase conseguindo! — respondeu ela, esticando-se o máximo que podia, mas o livro continuava fora de alcance.

— Liz — insisti. O barulho ficava cada vez mais alto e mais frequente. — Liz, quanto tempo você levaria para reativar os raios laser?

— Dois minutos.

Porém, das profundezas daquele lugar, o barulho rugiu outra vez. Olhei para Bex e para Macey.

— Não temos dois minutos.

Naquele momento, diversos temores me vieram à mente:

E se houvesse alguma medida de segurança extra que não tivéssemos desativado e estivéssemos prestes a ser asfixiadas, esmagadas, afogadas, eletrocutadas, presas ou soterradas?

E se o Círculo me seguiu até os subsolos da escola e, sabendo que eu estava trancada longe da minha mãe e dos seguranças, tivesse dado um jeito de entrar?

E se fosse minha mãe e nós fôssemos pegas... em flagrante?

Mas, apesar de meus medos loucos, de uma coisa eu tinha certeza: mais alguém estava tentando entrar no Subsolo Dois.

— Você consegue, Lizzie — gritou Bex. — Só... se apresse. E, quem sabe, vire um pouquinho para...

Bex puxou o cabo para a direita, mas ou subestimou sua força ou superestimou o peso de Liz, porque vi uma massa loura passar das prateleiras e parar acima da seção dedicada à Crise dos Mísseis Cubanos.

O zumbido mecânico ficava mais alto, e agora já percebíamos que vinha de algum lugar à nossa frente.

— Isso são... — começou Macey.
— Os elevadores? — adivinhou Bex.
— Acho que sim — falei. — Você acham que...
— Townsend — dissemos todas juntas.
— Mas como ele pretende passar pelas medidas se segurança? — perguntou Macey.

Dei de ombros e respondi:
— Ou ele sabe que já cuidamos disso...
— Ou não se importa — completou Bex, olhando para mim, e, pela sua expressão, percebi que nenhuma de nós saberia dizer o que era mais assustador.

Um pequeno montinho de poeira começou a se formar no chão, e notei o pequeno buraco que se abria na parede de pedra. O agente Townsend estava perfurando seu caminho do poço até o Subsolo Dois.

— Temos que ir — falei, mais alto que o barulho da perfuratriz e das batidas do meu coração em pânico.

As agentes perceberam que estavam prestes a ter um encontro muito hostil com um "profes-

sor-barra-possível-agente-inimigo" muito bravo, por isso lançaram mão de algumas táticas de operações secretas altamente recomendadas.

1. A agente McHenry perguntou: "Já acabou? Já acabou? Já acabou?", depressa e sem parar, até que a agente Sutton houvesse, de fato, acabado.

2. A agente Morgan empurrou uma estante para a frente da parede que o agente inimigo tentava perfurar, criando uma barricada temporária.

3. A agente Baxter aproveitou a oportunidade para dizer algumas coisinhas sobre o novo professor de Operações Secretas da Academia Gallagher.

— Consegui! — disse Liz.
No segundo seguinte ela estava deslizando pelo ar. Macey e eu a pegamos e a ajudamos a descer, mas mal tivemos um segundo para soltá-la. Nenhum tempo para juntar nossos equipamentos antes que Bex segurasse meu braço e sussurrasse:
— Corra!
Daí saímos, nos escondendo por entre as estantes, o mais rápido e silenciosamente que podíamos.
Dando uma olhada para trás, vi o feixe de uma lanterna passar pelas prateleiras no fim da grande sala. Estávamos bem longe do alcance da luz, mas nem um pouco seguras.
Os cabos ainda estavam pendurados na calha de ventilação à nossa frente. Vi Macey segurar firme um de-

les, se prender a um dos grampos que tinham nos levado até ali embaixo e inverter o sentido do dispositivo. Uma fração de segundo depois, ela estava no ar, subindo pela calha, em direção ao céu noturno e à liberdade.

Mas, no Subsolo Dois, havia passos atrás de nós, e estavam se aproximando.

Ele nunca esteve aqui antes, disse a mim mesma, ouvindo o homem caminhar lentamente por entre o labirinto de estantes.

Bex estava parada junto ao cabo, prendendo Liz apressadamente ao dispositivo enquanto eu continuava imóvel, vendo a luz da lanterna por entre as prateleiras. Era ao mesmo tempo assustador e bonito. Itens secretos reunidos ao longo de cem anos eram guardados naquele espaço enorme — plantas e mapas, segredos tão explosivos que os melhores espiões do mundo estavam dispostos a arriscar tudo para que eles nunca fossem revelados.

Mas naquele momento, havia apenas um objeto secreto que me interessava. Era a minha vez, então fui até o cabo e me senti subindo mais e mais rápido em direção ao ar fresco da noite.

Capítulo Trinta e Um

O céu quase não tinha estrelas. Nuvens negras e pesadas pairavam sobre nossas cabeças, escondendo a lua. Mas, depois da escuridão daquele buraco apertado, tive que estreitar os olhos. Era como estar olhando fixamente para o sol.

— E bem quando achávamos que não teríamos nenhum exercício de OpSec neste semestre — falei para Bex, que me puxava para fora do buraco pelos braços; mas minhas amigas não estavam sorrindo.

— O que foi? — perguntei. Elas apenas olharam para mim. — O que foi?

No entanto nunca obtive uma resposta, porque no momento seguinte, o ambiente à nossa volta inundou de luz. Sirenes soavam, cortando o ar, anunciando aos berros que alguma coisa estava terrivelmente errada.

As portas da mansão ficavam a 100 metros dali, mas eu sabia que elas eram nossa melhor chance de ficar em segurança, e Bex e Liz já estavam correndo. Macey e eu nos apressamos para alcançá-las.

Seguranças corriam da mansão para a cerca, verificando o perímetro, mal conseguindo conter os cães em suas coleiras.

Faróis cruzavam o céu. Visto de longe, deveria parecer uma festa. As pessoas em Roseville provavelmente tinham um monte de teorias malucas sobre o que estava acontecendo na escola naquele exato momento, porém sabia que nenhuma delas chegaria nem perto da verdade.

No instante em que minhas amigas e eu passamos, ofegantes, pelas portas, ouvi a professora Buckingham chamar meu nome do alto da escada.

— Cameron Morgan! Alguém viu Cameron...

— Ali está ela! — gritou uma aluna do oitavo ano, e, no segundo seguinte, eu estava presa em meio a uma multidão de corpos.

O Sr. Smith foi quem me segurou primeiro. Um homem do departamento de segurança me pegou pelo outro lado.

— O que está acontecendo? — perguntei, olhando para o Sr. Smith.

— Violação — disse ele simplesmente, enquanto eu era arrastada (ou praticamente carregada) escada acima.

Garotas se amontoavam nos corredores. Usavam pijamas e tinham os pés descalços. Seguravam armas. Ah, sim. Tinham levado muitas armas.

— É o Círculo? — berrou uma garota do sétimo ano, a voz falhando. — Eles estão aqui?

Mas os professores me mantinham presa num círculo apertado. Mal pude distinguir um rosto sequer até Tina Walter romper a barreira.

— Cammie, você está bem?

— Estou bem! — gritei, tentando me libertar.

E então os alarmes pararam.

— Você nos deu um susto e tanto esta noite, mocinha — disse-me Townsend, quando cheguei no patamar da escada.

Minhas amigas continuavam lá embaixo, olhando para mim. Seus cabelos estavam bagunçados e cheios de teias de aranha. Seus rostos estavam sujos (o que significava que o meu provavelmente também estava).

— Onde exatamente vocês estiveram, garotas?

— Passagem secreta — falei. — Acabei de encontrar. É impressionante, mas... — Olhei para Macey, que tinha uma grande mancha preta em um de seus malares perfeitos. — Suja.

— Você — disse Townsend, apontando para Liz. — O que você tem aí nessa bolsa?

OK, talvez isso *parecesse* um pouco estranho. Afinal, havia centenas de garotas nos corredores e nas escadas naquela noite. Havia máscaras faciais e aparelhos ortodônticos, mas Liz carregava a única mochila, e Townsend não seria o espião que todos achavam que era se não tivesse se perguntado o que havia dentro dela.

— É aí? — insistiu ele, se aproximando.

— Dever de casa! — disparou Liz. — Livros.

— Talvez você não saiba disso, agente Townsend — disse o Dr. Fibs —, mas a Srta. Sutton é uma de nossas alunas mais dedicadas...

— Abra a mochila — ordenou Townsend.

Ele pegou a mochila e a virou de cabeça para baixo. Prendi a respiração e vi dois cadernos, um pacote de chicletes e catorze lápis de cor se espalharem pelo chão.

Tenho quase certeza de que eu devia ter dado um suspiro de alívio, mas em vez disso entrei em pânico. Senti pavor. Tínhamos arriscado nossas vidas para pegar aquele diário e ele não estava em lugar nenhum. Havia desaparecido.

— Onde está o... — peguei-me dizendo em voz alta, porém Macey deu o menor dos acenos. Entendi que o diário estava escondido. Em segurança.

— Cammie!

Eu conhecia aquela voz.

— Mamãe — falei, tentando enxergar por entre a multidão.

— Tudo bem, pessoal — disse minha mãe, nossa diretora. — O departamento de segurança me garantiu que o perímetro não foi invadido. Não há ninguém dentro da mansão ou no terreno que não deveria estar aqui. Voltem todas para a cama. — Quando ela se virou para mim, não restou dúvida de que aquilo era uma ordem. — Vão *direto* para a cama.

Não. Caso você esteja se perguntando, claro que não obedecemos.

Sim, fomos para nossa suíte. Sim, apagamos as luzes. Mas dez segundos depois, nós quatro estávamos espremidas no banheiro, olhando para o livro que parecia especialmente escuro na mão pálida de Liz. Quando ela o estendeu para mim, uma folha de papel solta escorregou, flutuou e caiu no chão.

Querida Cammie,
    Se você está lendo isto, devo ter partido. Sei que provavelmente devo pedir desculpas por ter escondido este

diário de você por tanto tempo, mas não vou pedir, porque não lamento ter feito isso. Minha opinião profissional é que você não estava pronta. E, pessoalmente, eu tinha esperança de que você nunca estivesse.

    Cometi erros, Cammie — erros demais para citar aqui. Mas ainda carrego o maior de todos. O pior deles, aquele que passei a vida inteira tentando consertar.

    Tentei fazer o que era certo, Cammie. Realmente tentei, mas, se você está lendo isto, não devo ter tentado o bastante.

    Lamento para sempre,
    Joseph Solomon

Então aquele livro fino pareceu mais pesado, mais precioso que todas as primeiras edições da biblioteca da Academia Gallagher juntas. A capa era frágil e quebradiça. As páginas, amareladas pelo tempo. Quase tive medo de abri-lo. Mas é desnecessário dizer que *não* lê-lo não era uma opção viável àquela altura.

Respirei fundo e abri na primeira página, li o cabeçalho — RELATÓRIO DE OPERAÇÕES SECRETAS —, mas depois disso, não consegui ler uma palavra sequer.

— Está criptografado — sussurrou Bex, frustrada. — Arriscamos nossas cabeças e nem podemos ler isso. Vou dizer uma coisa, estou tentada a invadir a base da CIA só para tirar Joe Solomon de lá e arrebentá-lo.

Mas ao ouvir a palavra *criptografado*, Liz havia tirado o diário das minhas mãos e agora o segurava na luz.

— São os pombos! — gritou ela, e tive medo de que Tina, Eva, Courtney e o restante da turma do segundo ano corresse para nossa suíte com arcos e flechas e pedaços de ferro. — É isso — disse Liz, pressionando o dedo na página. — Olhe para isto. De certo modo, é mais como hieróglifos. Quase como um...

— Idioma — completou Macey.

Os olhos de Liz brilharam no banheiro quase escuro.

— Sim, é exatamente isso.

— E não se decifra idiomas... não mesmo — falou Bex. — Aprende-se.

— Ou se traduz — disse Macey.

— Exatamente. O Sr. Solomon não deixou um monte de garranchos num quadro... — começou Liz.

— Ele deixou uma chave. — Macey esticou a mão para pegar o livro. Passou o dedo pela página. — É a letra do Sr. Solomon?

— Não — ouvi eu mesma sussurrar. — É a do meu pai.

Capítulo Trinta e Dois

Relatório de Operações Secretas
(Tradução das agentes Morgan e Sutton)

Dia 1
Os pesadelos de Joe voltaram.
    Ele diz que não é nada, mas posso ouvi-lo gritando no fim do corredor — alguma coisa sobre Blackthorne e a cidade do Vaticano. Na noite passada, corri até o quarto dele e o encontrei tentando pegar, meio adormecido, uma faca.
    Ele diz que participou de uma operação que deu errado por lá. O único problema é que, de acordo com Langley, o agente Joseph Solomon nunca foi à Roma.

Dia 26
Gostaria que alguém me dissesse que não há nada de errado em espionar meu melhor amigo. Mantenho este diário em código. Escuto suas ligações. Esta noite o segui em uma entrega de mensagem em Georgetown.

Gostaria que alguém me dissesse que estou louco. Seria muito melhor que estar certo, porque só consigo pensar no passaporte que encontrei no cofre dele (sim, também invadi o cofre dele).

Há três anos ele foi à Roma usando um passaporte que não foi fornecido pela CIA — no mesmo período em que alguém tentou matar o papa.

Com uma faca.

Realmente espero que eu esteja louco.

Dia 92

Acho que sei o que Joe era. O que ele é?

Mas... não. Não pode ser verdade.

Não quero que seja verdade.

Dia 96

Algumas pessoas dizem que o Círculo não existe — que não há nenhuma antiga associação de espiões e assassinos com o objetivo de manipular a ordem mundial, mas acontece que eles são reais.

Acontece que meu amigo é um deles.

Muita gente é.

Dia 100

Joe me contou a verdade esta noite. Joe me contou tudo.

Vamos detê-los. Pode ser a última coisa que façamos na vida, mas vamos detê-los.

Não me atrevi a demorar-me nessas últimas palavras — pensar no que elas significavam.

— Quantos anos eles tinham quando escreveram isso? — perguntou Bex.

Olhei a data no canto da página e fiz as contas de cabeça.

— Vinte e três — respondi.

Então *refiz* as contas, porque não parecia certo que meu pai tivesse começado a lutar contra o Círculo de Cavan antes mesmo de ter começado a namorar minha mãe — que essa missão fosse oficialmente mais velha que eu.

— *Vire* — disse Liz, sem tentar esconder sua impaciência por ser obrigada a ler em uma velocidade menor que a da luz, mas aquelas eram as últimas coisas que meu pai me diria. Eu queria dar valor a cada frase.

Dia 219
Após nove meses de burocracia e protocolo, os agentes Morgan e Solomon concluíram que a organização criminosa conhecida como Círculo de Cavan tem muitos agentes duplos infiltrados em organizações de inteligência, o que impossibilita que ela seja neutralizada pelos meios oficiais.

É uma vantagem que os agentes Morgan e Solomon sejam tão bons em agir de modo extraoficial.

Dia 290
Após duas semanas em Roma, os agentes tiveram certeza de que a base local das operações do Círculo foi fechada ou transferida desde quando o agente Solomon foi mandado ao Vaticano.

Também aprenderam que a pessoa realmente fica enjoada de comer massa.

Dia 407
Hoje, oficiais húngaros identificaram o corpo encontrado num rio em Budapeste como sendo do homem que pretendia fornecer aos agentes informações sobre as operações do Círculo na Europa Oriental.

    Eles o mataram.

    Ele era a melhor pista que tínhamos encontrado em mais de um ano, e eles o mataram.

    O ar à nossa volta estava mais quente; era quase primavera; e ainda não tínhamos chegado a lugar nenhum. Ainda parecia faltar muito para o verão.

Dia 506
O subdiretor alertou novamente os agentes sobre investigar o Círculo por conta própria, mas o agente Solomon insiste que o Círculo recrutou muito bem e por muito tempo para que seja efetivamente alvejado por uma operação de larga escala.

    O Círculo tem espiões. Literalmente. O Círculo tem espiões por toda parte.

    Os agentes têm que prosseguir sozinhos.

    Quanto mais eu lia, mais rapidamente virava as páginas até que, por fim, cheguei ao final, desesperada para ler primeiro a última página — como se, talvez, dessa vez o desfecho fosse diferente.

Dia 5.860
Os agentes foram informados de que seu contato em Atenas teve um progresso. O agente Solomon começou os preparativos para viajar para a Grécia, mas o subdiretor da CIA suspeita que eles ainda estejam procurando o Círculo por conta própria e por isso alocou o agente Solomon num serviço burocrático. Portanto é o agente Morgan que irá.

Meu pai tinha 39 anos quando escreveu isso, e quase não havia mais páginas no caderno — de muitas maneiras, a história estava quase no fim. Então prendi a respiração, virei a página e vi que a letra tinha mudado. A caligrafia preguiçosa do meu pai sumira — substituída pela letra precisa que eu tinha visto nos quadros do Subsolo Dois pelo último ano e meio.

Dia 5.869
O contato entrou em contato hoje dizendo que o agente Morgan não compareceu ao encontro. O Contato seguirá o protocolo de cobertura até o agente Morgan aparecer.

Dia 5.878
O agente Solomon chegou ao esconderijo do agente Morgan em Atenas, mas parece que Morgan não conseguiu chegar até ali. Começará a rastrear seus passos imediatamente.

Dia 5.892
A CIA foi contatada. Toda a força da agência agora está envolvida nas buscas pelo agente Morgan.

Dia 5.900
Três dias de busca e os rastros ficaram frios.
> Ele se foi.
> Ele simplesmente se foi.
> Alguém tem que contar a Rachel.

Capítulo Trinta e Três

Coisas Que Nunca Mais
Seriam As Mesmas. Nunca Mesmo.
(Por Cameron Morgan)

- A calça do pijama de Macey: porque grama mancha e a sujeira do duto de ar nunca sai.

- A reputação do agente Townsend: porque se vazar a informação de que nós quatro fizemos o que ele passou meses tentando fazer, tenho quase certeza de que ele vai perder o status de 00 (se é que Tina estava certa ao dizer que ele o tinha).

- Liz: porque o Código Pombo abriu um mundo completamente novo de criptografia (e ela já era bem obcecada com o antigo).

- Bex: porque seus pais estavam certos.

- Bex: porque seus pais estavam errados.

- Eu: porque sim.

Na noite seguinte, fui ao escritório da minha mãe, levando o diário do meu pai e o segredo do meu professor. Eu não tinha ideia de qual dos dois era mais pesado.

— Não foi pentotal de sódio, foi?

Eu me virei ao ouvir aquilo e vi o agente Townsend de pé na seção de História, olhando para mim pelo brilho protetor da espada de Gilly — quero dizer, de Cavan.

— Na maçã? — esclareceu ele.

— Não sei do que você está... — Tentei passar por ele e entrar no escritório de minha mãe, mas a mão dele segurava meu braço. Sua respiração estava quente em minha orelha.

— Pode tentar mentir para mim, mas eu não aconselharia.

O diário do meu pai estava na minha mochila e parecia um talismã me dando força.

— Tire a mão de mim.

Townsend me encarou mas não se mexeu, e tentei me soltar.

— Professores não podem coagir alunas e fazer acusações descabidas. Os investidores jamais...

— Ah, mas os investidores empregaram um famoso agente duplo por quase dois anos. Estão muito ansiosos por ajudar.

— Ainda sou aluna desta escola e...

— Ora, ora, Srta. Morgan. Ou bem você é uma agente treinada que eu devo respeitar e desconfiar ou uma garota de 16 anos...

— Acabei de completar 17 — corrigi.

— ...com quem devo pegar leve. Você escolhe o que vai ser. — Ele soltou meu braço e se afastou. — Achei que seu querido Sr. Solomon tivesse lhe ensinado a ser melhor que isso.

— Ele não é o *meu* Sr. Solomon.

— Claro que é. Não foi por isso que você e suas amigas tentaram hackear meus registros? Vasculhar meu escritório? Puseram alguma poção nojenta na maçã de um professor acima de qualquer suspeita?

Não disse nada.

— Muito bom; você não nega. Negar o inegável só serve para você fazer papel de boba e passar por mentirosa. Nesta profissão você pode ser uma coisa, às vezes a outra. Mas nunca as duas.

Ele caminhou pela seção de História olhando nossos bens mais preciosos como se fossem bugigangas numa feira.

Não me encarou ao perguntar:

— Você acreditava nele, não acreditava? Achava que era um bom homem? Bem, esse foi o seu erro. Ninguém, ninguém mesmo, nessa área é realmente bom. Se fôssemos, estaríamos fazendo algo completamente diferente disto.

Ele não sabia do que estava falando. Ele não sabia... de nada. Fui em direção ao escritório da minha mãe, precisando dela mais que nunca, desesperada para mostrar a ela — provar que não éramos bobas.

— Ela não está — gritou ele pelo corredor vazio.

Senti meu sangue gelar.

— Onde ela está?

Ele sorriu de leve.

— Ela se foi.
— O que você fez com ela?
— Eu? — Ele riu. Sim, uma *risada* de verdade. — Deixe-me esclarecer algumas coisas para você, Srta. Morgan. — Ele se aproximou. — Não sou um membro do Círculo. Nunca nem *vi* o Instituto Blackthorne. É claro que temos algo parecido... não vou negar. — Ele balançou a cabeça. — Mas nunca fiz parte disso.
— Parte de quê?
— Eu *sou* o maldito mocinho.
Fiquei em silêncio, observando-o se afastar, até...
— Você está errado! — gritei, as palavras ecoando pelo corredor vazio. — Você está errado sobre tudo!
O agente Townsend parou e se virou lentamente.
— Há nove horas, uma equipe de transporte da CIA foi emboscada na saída de Langley. Três guardas foram mortos, e Joe Solomon foi levado. — Ele olhou para mim do outro lado do longo corredor. — Seu *homem inocente* está de volta ao Círculo esta noite, Srta. Morgan. Eles o pegaram. Ele está livre.

Naquela noite tive o sonho mais estranho. Eu estava de pé no alto da escadaria principal, usando um lindo vestido longo. O som da música folclórica flutuava até me alcançar, e, abaixo de mim, pessoas se amontoavam no hall. Porém, o mais estranho de tudo era que meu pai estava de pé na base da escada, esperando.

Desci e peguei seu braço, e, juntos, abrimos caminho pela multidão que enchia o Salão Nobre. Havia dança e bebidas. Era uma festa, mas a sensação na sala era de que não havia o que comemorar.

Então um homem apareceu de repente, segurando uma espada.

Eu sabia que precisava detê-lo — tinha que fazê-lo parar —, mas o homem se movia depressa na minha direção. Seus olhos se aproximavam na penumbra do salão e me vi encarando um rosto conhecido.

Um rosto que eu tinha beijado.

— Não — devo ter falado, mas a mão de alguém cobriu minha boca.

Braços fortes me seguravam enquanto eu chutava as cobertas enroladas em minhas pernas.

Então ouvi uma voz profunda pronunciar meu nome:

— Cammie, acorde.

— Não — murmurei, ainda lutando, meio adormecida.

— Está tudo bem, Garota Gallagher. Tudo bem. Acorde.

Capítulo Trinta e Quatro

Há muitas maneiras de uma adolescente que tem amor-próprio (para não falar *sanidade*) reagir quando um garoto aparece de repente em seu quarto no meio da noite.

Bater.
Entrar em pânico.
Debater-se.
Congelar.

Mas não fiz nada disso. Não imediatamente, porque eu estava enrolada nas cobertas e nos braços de Zach. Lágrimas escorriam pelo meu rosto enquanto eu pensava no meu pai, no Sr. Solomon e em Gilly — por uma fração de segundo eu soube como era estar no lugar dela.

— Tudo bem, Garota Gallagher. — Ele acariciou meu cabelo. — Foi só um sonho ruim...

— O que você está fazendo aqui? — sussurrei.

A meio metro de distância, Liz tremeu e rolou na cama. No canto, Bex começava a roncar. Macey estava deitada de costas, imóvel, o cabelo preto espalhado no travesseiro como se fosse a Bela Adormecida. Inclinei a cabeça na direção delas.

— Diga-me por que eu não deveria acordá-las — sussurrei. — Por que eu não deveria apertar isso? — Apontei para o botão de emergência na parede.

Ele sorriu.

— Qual seria a graça de fazer isso?

— Zach — falei, e aproximei a mão do botão.

— OK — disse ele, esticando a mão para pegar a minha. — Estamos aqui porque precisamos dar um passeio.

Quando estávamos no décimo ano, Zach estudou durante um semestre na minha escola. Dividimos os corredores como colegas de classe. Como pares. Mas agora, ao entrarmos na sala de chá vazia da madame Dabney, não havia vestígios do olhar travesso que ele tinha naquela época. Eu não tinha certeza de como era o meu olhar, porque estava evitando encarar meu reflexo nos espelhos de moldura dourada. (Aquele *não* era o momento para me preocupar com marcas de travesseiro no rosto e cabelo despenteado.) Em vez disso, o analisei.

— Eu *quero* saber como você entrou aqui — exigi.

Ele balançou a cabeça.

— Só quebrei algumas regras. — Ele fez um gesto com o indicador e o polegar e disse: — Pequenininhas.

Candelabros pendiam do teto decorado e forneciam uma luz fraca. Nossos pés estavam parados no chão de parquete polido. Quase um ano antes, madame Dabney nos mandava dançar naquela mesma sala, mas desta vez

Zach não me tirou para dançar. Eu não me sentia mais deslizando.

— O Círculo o pegou mesmo? — perguntei.

— Sim. — A voz de Zach soou desafinada enquanto ele corria a mão pelos cabelos e caía num dos divãs forrados de seda de madame Dabney. Ele parecia completamente deslocado.

— Por quê? Quero dizer, se ele não está trabalhando para eles...

— Eles não estavam exatamente fazendo um favor. A esta altura, ele deve estar achando uma celinha confortável na CIA uma opção muito boa.

Andei até as janelas altas e olhei para o terreno da escola. O reflexo de Zach me fitava pela vidraça escura. De algum modo era mais fácil não encará-lo.

— As pessoas não saem do Círculo facilmente, Garota Gallagher.

— Eu sei.

— Qualquer um que saiba como e onde eles trabalham... Qualquer um que saiba de qualquer coisa... — Ao deixar a frase no ar, havia algo novo em sua voz. Ele pareceu cansado de um jeito que não tinha nada a ver com o avançado da hora.

— Eu sei.

— Eles estão amarrando as pontas soltas.

Tentei focar a vista na floresta lá fora, no sol que começava a colorir o céu.

— É isso que eu sou?

Zach se levantou e se colocou ao meu lado na janela. Lágrimas arderam nos meus olhos, e eu mantive o olhar em qualquer coisa, menos nele.

— Garota Gallagher — disse ele baixinho, estendendo a mão para mim. — Eu não sei. Mas prometo que vamos descobrir.

Um sentimento me invadiu quando me lembrei do ano anterior: Zach em um trem cruzando a Pensilvânia; Zach caído sob as arquibancadas em Ohio. E, por fim, Zach segurando forte a minha mão, levando-me para longe de uma van branca em uma rua escura de Washington. Zach de pé entre mim e um revólver, o atacante olhando para o garoto ao meu lado e perguntando: "Você?"

— Você deveria estar morto, Zach. — Baixei os olhos e vi minha sombra se alongando no chão entre nós. — Naquela noite... em Washington... ele tinha você na mira. *Eu* deveria ter sumido e *você* deveria ter morrido.

— Garota Gallagher...

— Por que ele não atirou em você?

— Tudo aconteceu tão rápido naquela noite, Garota Gallagher,

— Meu nome é Cammie! — Não pensei nas pessoas que eu poderia acordar, nos alarmes que poderiam ser acionados. Simplesmente gritei: — Como você sabia de Boston? Por que você está agindo como o Sr. Solomon agora? Você é meu amigo ou inimigo, Zach? Ou, espere, deixe-me adivinhar: você não pode me dizer.

— Não sei por que eles querem você. E quanto ao resto... é melhor você não saber.

O fundamento de saber apenas o necessário é muito verdadeiro. Ele existe por motivos reais. Mas isso não significa que eu tenha que gostar dele — e, vindo de Zach, soava completamente diferente de quando vinha da minha mãe.

— Por que *você* sabe?

— Qual é o problema, Garota Gallagher? Está com ciúmes?

— Sim — gritei, embora eu tivesse quase certeza de que ele estava brincando. — Estou.

— Cammie...

— Seu tempo acabou, Zach — falei. — Me diga o que sabe ou...

— Ou o quê? — Ele esticou a mão para mim. — Você não vai me machucar.

— Eu não — falei, arriscando um olhar para a porta das três Garotas Gallagher mais bravas que eu conhecia. — Mas *elas* sim.

Capítulo Trinta e Cinco

PRÓS E CONTRAS DE TER GAROTOS REALMENTE FOFOS INVADINDO SUA ESCOLA PARA VER VOCÊ

CONTRA: É um pouco assustador.

PRÓ: Quando alguém *invade*, você dorme bem mais do que quando tem que *fugir*.

CONTRA: Visitas surpresa de garotos aumentam consideravelmente as chances de eles verem você no seu pior pijama.

PRÓ: Quase todo mundo fica bonito à luz da lua.

CONTRA: É quase certo que cinco horas de sono profundo façam coisas terríveis com seu cabelo.

PRÓ: Acordar no meio da noite significa... bem... acordar.

CONTRA: Eventualmente, queira você ou não, suas colegas de quarto vão acabar sabendo.

———

— Oi, Zachary — disse Macey, entrando. — Você está ótimo.

— Oi, Macey. — Zach se virou para a mais baixa e mais loura de nós e tocou a aba de um chapéu imaginário. — Liz. — Por fim, ele olhou para Bex. — Rebecca.

Se o uso de seu nome completo costumava deixar Bex zangada, dessa vez era tarde demais para isso. Ela estava junto à porta, encostada no batente, de braços cruzados. Alguém que não a conhecesse poderia pensar que ela ainda estava cansada, mas eu sabia que não era isso. Ela estava protegendo a saída.

— Estávamos conversando sobre o Sr. Solomon — falei.

Macey arqueou as sobrancelhas.

— Ah, era *isso* que vocês estavam fazendo?

Bex mantinha os olhos em Zach.

— O que você sabe? — perguntou.

Zach balançou a cabeça.

— Não muito mais que vocês. O Círculo fugiu com ele. A CIA diz que é porque ele trabalha para o Círculo, mas na verdade...

— É porque ele está *contra* eles — completou Bex.

Zach concordou.

— Em quase duzentos anos, ninguém chegou tão perto de derrubar o Círculo quanto o Sr. Solomon. — Ele se virou para mim. — E o seu pai. — Ele esperou, como se eu pudesse cair em prantos ou algo assim, mas não fiz nada disso. — O Círculo precisa descobrir o que Joe sabe e o que ele contou para os outros.

— Como eu? — adivinhei.

Zach balançou a cabeça lentamente.

— Aposto que eles farão muitas perguntas sobre você.

— Ótimo — disse Bex. — Isso significa que eles o manterão vivo.

Eu me virei de novo para a janela, fitando o terreno escuro. *Eles precisam dele vivo.*

— Vamos trazê-lo de volta. *Temos* que trazê-lo de volta. — Senti que minhas amigas me olhavam como seu eu fosse louca, mas me virei para Zach e perguntei. — Para onde eles o levariam?

— Não sei.

— Não minta para mim, Zach. Não diga que não sabe das coisas, porque você sabe. Para onde eles o levariam?

— Eu não sei! Você acha que eu estaria *aqui* se soubesse?

Eu já tinha visto Zach em diferentes situações e momentos e de muitas formas, porém na neblina da manhã, eu o vi como realmente era: um garoto órfão e assustado, sem absolutamente ninguém a quem recorrer.

— E o homem que está sob a custódia da CIA, o que atirou em Abby? — perguntou Macey. — Ele deve saber.

Mas Bex estava balançando a cabeça.

— Ele foi comprometido. Não há a menor chance de o Círculo ainda estar usando qualquer coisa de que ele tenha tomado conhecimento.

— Então é... isso? — indagou Liz.

Pude ver o peso da verdade caindo sobre ela. Não havia bancos de dados a invadir, nenhum satélite para hackear. Pensei no Sr. Solomon e em como ele insistia que a tecnologia é uma muleta e que um espião de verdade sempre deveria ser capaz de se virar sem ela.

— O Sr. Solomon saberia — admiti, baixinho. — Queria que pudéssemos perguntar a ele.

A sala ficou em silêncio sob a luz cinzenta do início da manhã. A escola ainda dormia. Ninguém corria pelo terreno. Estávamos sozinhos quando Zach sussurrou:

— Talvez possamos.

— Como assim há um segundo diário? — perguntou Bex, dez minutos depois. Ela olhava para Zach, que parecia *com medo*.

— O que o Sr. Solomon escondeu no Subsolo Dois era do seu pai, Cammie. Se alguma coisa acontecesse... ele deveria chegar a você. Era do seu pai e agora é *seu*. Mas Joe também tinha um. Fala de todo o seu tempo com o Círculo... desde Blackthorne.

Zach estava parado junto à janela, estreitando os olhos para o sol que nascia devagar.

— Nunca houve ninguém que soubesse mais sobre o Círculo do que Joe. Ele começou a escrever tudo assim que foi recrutado. E, quando percebeu o que eles eram, continuou escrevendo porque... bem... sabia que algo como isto poderia acabar acontecendo. Ele disse que, se eu alguma vez precisasse, poderia ir pegar o diário.

— Ir aonde? — perguntou Macey.

— Blackthorne.

Sei que vai parecer loucura. Sei que você não vai acreditar em mim. Mas naquela fração de segundo, pensei em todas as hipóteses possíveis, calculei todos os riscos. Foi uma decisão bem embasada que me fez dizer:

— Nós vamos pegá-lo... agora mesmo. Antes que todos acordem. Vamos...

— Nós? — cortou-me Bex. — Você acha que *nós* deveríamos... o quê? Entrar na van de Liz, dirigir a noite toda, invadir um prédio altamente secreto e o que mais? Ah sim, tirar você do lugar mais seguro do mundo?

— Pense, Cam — disse Liz. — Não temos que ir a lugar algum. Tudo o que precisamos fazer é falar com a sua mãe, ela vai ligar para a CIA e...

— Minha mãe não está aqui, lembra? E você leu os relatórios do meu pai... sabe que o Círculo tem agentes em todos os níveis da CIA. O Sr. Solomon sabia que não podia confiar em ninguém, e nós também não podemos.

Bex balançou a cabeça.

— Não. É arriscado demais.

— Não é *tão arriscado assim*. Nós dirigimos até lá, pegamos o diário e vemos se há alguma pista sobre o paradeiro dele. Não é como se fôssemos resgatá-lo pessoalmente...

— *O que foi?* — Bex e eu perguntamos exatamente ao mesmo tempo para Zach, que nos olhava de um jeito muito estranho.

— Nada. — Ele cruzou os braços e deu de ombros. — Só estava me perguntando quando foi que vocês duas trocaram de corpos.

Era verdade. Bex não deveria ser a cautelosa, a preocupada. Mas, novamente, muitas coisas haviam mudado naquela ponte.

— Tenho que fazer isso por ele, Bex. Tenho que fazer *alguma coisa*.

O sol estava se levantando sobre Roseville. Eu nunca o tinha visto nascer daquela janela, era especialmente bonito, ver os primeiros raios da manhã refletidos nos cristais finos de madame Dabney. Naquele momento e naquele lugar, quase nada parecia fora de alcance. Talvez por isso Bex tenha sorrido.

— Bem, eu sempre quis ver o Instituto Blackthorne.
Olhei para Liz.

— Acabei de ajustar a van para incluir tecnologia solar. Sabe, ela precisa mesmo de um teste na estrada para que as estatísticas sejam significativas.

— Nós contra Blackthorne? — disse Macey, sorrindo. — Sim, estou dentro.

Não sei como explicar, mas, naquele momento, as coisas pareciam bem. Nossa missão estava clara.

Poderíamos ir a Blackthorne.

Poderíamos pegar o diário.

Então poderíamos encontrar um jeito de trazer Joe Solomon para casa.

Sim, naquele momento, estava tudo bem. Mas, é claro, aquele momento não iria durar muito.

Lembro-me do barulho da porta sendo escancarada, do olhar de choque no rosto de cada uma das minhas amigas ao nos virarmos para ver a silhueta esbelta e escura parada ali, dizendo:

— E aí, quando partimos?

Minha mãe deu dois passos à frente e se virou para encarar Zach.

— Eu não falei para você ficar no meu escritório?

Capítulo Trinta e Seis

Coisas Que Realmente Me Surpreenderam Naquela Viagem Em Particular:

1. Que ela tenha acontecido. Mesmo.

2. Que tenha acontecido *com um garoto*.

3. Que, de todas as pessoas na van, tenha sido Bex quem passou mais tempo dirigindo.

4. Que depois de um dia inteiro dentro de um carro sem mais nada para beliscar, uma pessoa possa ficar realmente enjoada de M&M's de amendoim.

5. Que, mesmo dormindo numa van, o cabelo de Macey McHenry nunca fique bagunçado.

6. Que ninguém tenha mencionado o nome do Sr. Solomon uma vez sequer.

7. Que ninguém falasse sobre aonde estávamos indo.

8. Que quatro Garotas Gallagher estivessem matando um dia inteiro de aula (mesmo *com* a permissão da nossa diretora).

9. Que, se você dirigisse a noite toda e só fizesse paradas essenciais, o Instituto Blackthorne para Garotos ficasse a apenas dez horas da Academia Gallagher.

De algum modo, sempre parecera muito mais longe.

— Você ainda está zangada comigo? — sussurrou Zach, enquanto cruzávamos a fronteira da Pensilvânia.

A perna dele estava encostada na minha, mas eu não pensava na sensação que aquilo me dava, porque minha mãe (*que é uma espiã*) segurava um fuzil no banco da frente e estávamos cercados pelas minhas amigas (*que são futuras espiãs*). Além disso, não é preciso muito treinamento para saber que pernas encostadas podem distrair uma garota de coisas sem importância, como tentar não morrer.

Por isso não falei nada.

— Ooh — murmurou Zach. — Está me dando gelo.

— Não estou falando com você, Zach — sussurrei, virando-me para ele —, porque sei que você não vai *dizer* nada mesmo. Eu deveria lhe fazer mais perguntas que você se recusará a responder?

Quando voltei a olhar para a frente, esperei ouvir mais desculpas enquanto via as faixas amarelas da estrada passarem. Mais mentiras. Mas, em vez disso, Zach simplesmente se inclinou na minha frente e sussurrou para Liz:

— Ela fica linda quando está em silêncio.

Não pronunciei uma palavra sequer.

Nem quando ele comeu o último M&M's.

Nem quando ele encostou a cabeça no meu ombro e tentou tirar um cochilo.

Nem quando ele e Liz ficaram fazendo luta de polegar (mesmo comigo sentada no meio deles) durante quase todo o trajeto pelo estado da Pensilvânia.

Nem quando Liz e Macey finalmente pegaram no sono e ele se inclinou para perto de mim e sussurrou:

— Tem certeza de que quer fazer isso, Garota Gallagher?

Não. Nem mesmo nesse momento. Eu não tinha mais nada a dizer.

Quando o sol estava se pondo, minha mãe quebrou o silêncio:

— Pare aqui.

Bex parou no estacionamento de um velho posto de gasolina numa autoestrada estreita, de apenas duas pistas. Ervas daninhas cresciam entre as bombas abandonadas. Máquinas enferrujadas exibiam antigas logos da Coca-Cola e da Pepsi.

Nós nos sentíamos muito sozinhos, mas numa fração de segundo tudo mudou.

Um carro escuro se aproximava, vindo da direção sul a toda a velocidade. Pneus cantaram quando ele deslizou de lado no chão de cascalho, parando a menos de 1 metro do para-choque da van de Liz.

— Mãe! — gritei, me aprumando de repente, sentindo os ouvidos latejarem.

Mas, antes que eu pudesse processar completamente o pior cenário que se passava em minha cabeça, minha melhor amiga também se enrijeceu no banco e berrou:

— Mãe?

Um segundo depois, Bex abria a porta da van e corria para a mãe dela, que estava saindo do outro carro.

— Oi, querida — disse a Sra. Baxter, passando os braços em volta da filha.

No entanto, percebi que seus olhos não desgrudavam dos de minha mãe.

— Alguma coisa, Grace? — perguntou minha mãe, saindo da van.

— Nada. A barra está limpa.

Neste momento, uma picape branca apareceu na estrada deserta, dessa vez vindo do norte. Ela parou no posto abandonado, e, por algum motivo, não fiquei nem um pouco surpresa por ver o pai de Bex ao volante.

Ele saltou da picape.

— Tudo limpo na minha área, Rachel. Vocês estão livres.

— Obrigada, Abe.

Minha mãe pareceu aliviada, e, para falar a verdade, não gostei disso. Porque, para que houvesse alívio, era preciso que antes houvesse medo. E medo... bem... eu não queria pensar nisso.

Liz me cutucou.

— São os pais de Bex!

Olhei para minha mãe, que deu de ombros.

— Você não imaginou que eu não fosse convocar o mínimo de adultos para nos dar cobertura, imaginou?

Macey estava de pé do meu outro lado.

— Vamos sair em missão com os pais de Bex! — exclamou ela, como quem se perguntasse se estaríamos prontas para aguentar três Baxter juntos.

No entanto, minha mãe balançava a cabeça.

— Na verdade, garotas, em casos de operações não aprovadas, é melhor minimizar a exposição de agentes oficiais.

Esta regra é tão antiga quanto a própria espionagem: não faça pessoalmente o que pode mandar alguém fazer por você. Há um milhão de motivos inocentes para um bando de Garotas Gallagher invadir o Instituto Blackthorne (brincadeiras, desafios, travessuras etc.). Para um bando de adultos, nem tanto.

Bex sabia de tudo isso — eu sabia que ela sabia —, e ainda assim ela olhava da minha mãe para a dela sem parar.

— Então por que vocês... — começou, mas deixou a frase no ar.

— Eles não estão aqui para nos *ajudar*. — Minha voz soou desafinada por causa do vento. — Estão aqui para me *proteger*.

A expressão de minhas amigas fez parecer que não havia passado tempo nenhum desde novembro, que ainda estávamos numa rua escura de Washington.

— Você está com o diário? — perguntou Grace.

— Não. — Minha mãe balançou a cabeça e apontou para mim e minhas amigas. — *Elas* chegaram antes de mim.

E foi então que as coisas ficaram realmente estranhas.

Quero dizer, *minha mãe* tinha invadido o Subsolo Dois!

Minha mãe estava atrás do diário do meu pai.

Minha mãe era a pessoa em nosso encalço, deslizando pela escuridão, nas profundezas de nossa escola, o que significava, acho, que não tinha sido o agente Townsend.

Eu ainda estava balançando a cabeça, tentando processar aquilo — tudo — quando outro carro apareceu na estrada e Macey gritou:

— Abby?

Parecia uma pergunta e, quando olhei para minha tia, entendi por quê. Seu cabelo viçoso tinha perdido o brilho. E, quando ela caminhou até nós, o saltitar de seus passos com o qual eu tinha me acostumado havia desaparecido.

— Oi, Esguicho — disse ela, mas soou forçado. — Matando aula, hein?

Dei de ombros.

— Quem sabe não é um exercício de OpSec?

Ela ergueu uma sobrancelha.

— Conheço o agente Townsend, Cams.

— Oh! — exclamou Bex.

— E é por isso que quero tanto participar dessa pequena tarefa extracurricular. — ela olhou para a irmã. — Bem... é uma das razões.

Minha mãe se virou para o Sr. Baxter.

— O que nossos amigos da Seis dizem, Abe?

— A mesma coisa. Ninguém tem a menor ideia de para onde o levaram. Ninguém parece dar a mínima.

— Eu dou.

Zach estava parado na orla da estrada, com as mãos nos bolsos. Quando a Sra. Baxter o viu, abriu um sorriso largo demais.

— Olá, Zachary. É um prazer conhecê-lo. Rachel nos contou... É um prazer conhecê-lo.

Zach balbuciou alguma coisa que pareceu "O prazer é meu". (Acho que o Instituto Blakthorne não tem uma madame Dabney.)

Então o tempo para cumprimentos deve ter terminado, porque a ela se virou para minha mãe e disse:

— Está pronta?

Parecia a pergunta perfeita naquele momento. Afinal, eu estava me preparando para invadir o Instituto Blackthorne. Eu estava fora da mansão. Estava me preparando para sair numa missão. Uma missão *de verdade*. Com Zach.

E com minha mãe.

Não havia palavras para descrever meu nervosismo. Ou a estranheza da situação.

Ocorreu-me que eu deveria estar tomando notas, saboreando cada momento. Mas não havia tempo para isso.

A Sra. Baxter se dirigiu para a picape, subindo no banco ao lado do marido e jogando a chave do sedã de vidros escuros para minha mãe. Abby já estava entrando no utilitário, enquanto Liz e Macey caminhavam para a van, mas minha mãe acenou para que elas se afastassem.

— A van fica aqui — disse ela, balançando a cabeça. — Não podemos correr o risco de que alguém a relacione com vocês e a escola. — Depois se virou para mim. — Vocês estão com tudo aí? — perguntou, parecendo que estava me deixando na escola ou na casa de uma amiga. Parecia quase uma mãe normal.

— Sim, estamos prontos — respondi, parecendo quase uma garota normal.

Mas ao ver meus guarda-costas partirem para verificar o perímetro da escola, normal parece ser algo completamente superestimado.

Um instante depois, minha mãe saiu levantando uma nuvem de poeira e nos deixando no meio de lugar nenhum, ao lado de um posto de gasolina que não tinha combustível, com uma van que não podíamos dirigir e um garoto em quem até os melhores espiões do mundo hesitavam em confiar.

— E o que *nós* vamos fazer? — perguntou Macey.

Zach sorriu.

— Andar.

Capítulo Trinta e Sete

Um fato pouco conhecido sobre operações secretas é que você passa muito tempo com pessoas em quem não pode confiar. Traidores ou mentirosos. Chamamos esse tipo de gente de trunfo ou informante. Mas naqueles dias, na maior parte do tempo, eu o chamava de Zach.

As agentes fizeram contato com um trunfo que tinha informações em primeira mão do Instituto Blackthorne para garotos.
 O trunfo também conhecia os planos secretos de Joe Solomon, e alguns dos sabonetes com os aromas mais incríveis do mundo.
 Consequentemente, as agentes tentaram não confiar (nem cheirar) o trunfo.

Andando pelo terreno coberto de ervas daninhas do posto de gasolina, senti a noite caindo. O ar estava úmido e frio. Ouvi Liz tropeçar atrás de mim e, mesmo sem olhar, soube que Bex estava no fim da fila. Mantive meus olhos treinados na nuca de Zach enquanto nos aprofundávamos na mata e nos aproximávamos de Blackthorne.

Vinte minutos depois, perguntei:

— Quanto tempo falta para chegarmos à escola?

— Não muito — disse Zach, sem diminuir o passo.

— Quantos seguranças estarão de guarda no ponto em que vamos entrar?

Ele deu de ombros e respondeu:

— Não sei.

— De quanto tempo é o intervalo do giro da câmera de vigilância?

— Difícil dizer.

No escuro, levei a mão ao braço dele.

— O *que* você sabe, Zach?

— Você está na minha área agora, Garota Gallagher. — Senti sua respiração quente em minha pele. — Tem algum problema com isso?

— Ei, vocês... — Ouvi a voz acanhada de Liz atrás de mim.

— Talvez eu tenha — disparei de volta para Zach.

— Cam — disse, Bex, a voz reproduzindo a preocupação de Liz, mas mal ouvi.

— Talvez eu... — recomecei, mas antes que eu pudesse dizer mais uma palavra, Bex agarrou meu braço.

— Cam, ouça!

A floresta estava escura e silenciosa. Só um brilho muito fraco da lua e das estrelas conseguia atravessar a copa das árvores.

Zach começou a andar, e nós quatro o seguimos até que as folhas acima de nós começaram a rarear e nos vimos de novo a céu aberto. Logo depois estávamos no alto de um penhasco, ouvindo um rugido ensurdecedor.

— *O que é isso?* — gritou Macey, espiando pela beira do penhasco.

Zach nem relanceou os olhos para o rio furioso abaixo de nós, cortando a floresta 60 metros abaixo.

— É a nossa carona.

Qualquer um que vá à Academia Gallagher pode ver a mansão bem segura, por trás de muros altos e grades fortificadas. Observando as montanhas que se erguiam à nossa volta e o rio furioso que corria lá embaixo, percebi que o Instituto Blackthorne tem suas próprias muralhas. Após descermos a encosta do penhasco de rapel, convencermos Liz a entrar num frágil bote de borracha preta e nos jogarmos na correnteza, entendi que a Academia Gallagher pode ter a melhor segurança que o dinheiro é capaz comprar, mas o que o Instituto Blackthorne possui não tem preço. (Nota pessoal: se você conseguir ter um professor de Operações Secretas *de verdade* até o fim do semestre, esta missão de campo deveria valer créditos extras. *Muitos* créditos extras.)

— Você tem *certeza* de que não há outro jeito de entrar? — perguntou Liz.

Seus olhos estavam fechados, e ela segurava seu segundo laptop favorito enrolado numa capa impermeável, como se sua vida dependesse daquilo.

Zach riu.

— Só o que as pessoas sãs usam.

As ondas estavam ficando mais rápidas. Meus dedos congelaram no remo, e quando fomos sacudidos por uma onda maior, Liz teria voado para longe se eu e Bex não estivéssemos ali para segurá-la.

— O que há de errado em ser uma pessoa sã? — berrou Macey mais alto que o barulho da água. Ela estava batendo os dentes.

Zach sorriu e gritou:

— *Insano significa menos câmeras!*

Não achei que isso fosse possível, mas no segundo seguinte eu poderia jurar que a correnteza ficou mais forte. O barulho ficou mais alto. Pela luz da lua, vi a água se estendendo à nossa frente e depois... nada. Era como se o rio caísse para fora do planeta.

— Zach... — Não tentei esconder o pânico em minha voz. — Zach, por que o rio desapareceu? — perguntei, mesmo já sabendo a resposta. — Zach!

E, com isso, o chão, a água, *tudo* desapareceu de baixo de nós e deslizamos pelas cataratas. Era como uma montanha-russa — só que mais rápido. E mais molhado. E muito menos confortável enquanto caíamos pelo céu noturno, esperando pelo mergulho.

Como Invadir o Instituto Blackthorne
(Pelas agentes Morgan, Baxter, Sutton e McHenry)

Passo 1. Fique um pouco louca.

Passo 2. Tão louca a ponto de se voluntariar para cair de uma cachoeira de 15 metros.

Passo 3. Engula um bocado da água de um rio gelado.

Passo 4. Tussa e engasgue.

Passo 5. Repita o Passo 4 até parecer que seus pulmões não estão mais dentro do seu corpo.

Passo 6. Lembre-se de que um garoto muito bonito está ao seu lado, então tente tossir de um jeito mais atraente.

Passo 7. Agradeça por ainda estar viva.

O primeiro pensamento que me ocorreu depois da queda, do impacto, dos engasgos, do nado e do "estão todos bem" foi de que eu estava deitada de bruços na margem pedregosa do rio. Havia um vasto campo aberto à minha frente e, atrás de nós, penhascos escarpados se estendiam em direção ao céu e o rio ainda rugia ensurdecedoramente em nossos ouvidos.

— Nada de grades? — perguntei.

Zach olhou para mim.

— Não precisa. — Ele apontou para o rio e os penhascos. — Além do mais, este não é o tipo de lugar que as pessoas ficam ansiosas para visitar. — Eu comecei a dizer alguma coisa, mas ele me cortou: — Você vai ver.

Vovô Morgan sempre diz que, para conhecer uma folha de grama, você precisa saber em que terreno ela cresceu. Talvez por isso eu me lembre de cada detalhe daquela noite, de cada centímetro do terreno que atravessamos, enquanto eu seguia Zach ao lugar que o havia formado, vendo os dois com novos olhos.

À luz do luar, eu podia ver claramente uma fileira de metralhadoras de longo alcance a 30 metros de distância.

— Aquilo é...?

— É — disse Zach, como se não quisesse ouvir o resto da pergunta.

— A que distância está o alvo? — perguntou Bex.

Zach se virou para nós e sussurrou:

— Longe.

Passamos por uma trincheira que tinha sido cavada à mão. Cordas pesadas pendiam dos galhos mais altos das grandes árvores. E, além disso tudo, havia trilhas lamacentas e montes pedregosos. Eu sabia que, apesar de suas maravilhas naturais, não havia nada de bonito no Instituto Blackthorne; que, mesmo à luz do sol, sempre haveria algo de sombrio naquele lugar.

Enfim chegamos a uma cerca com pelo menos 4,5 metros de altura. O luar cintilou nos fios de arame farpado no topo.

— Sutil — disse Bex, olhando para cima.

— Este é o perímetro do terreno central — falou Zach. — Até onde as pessoas sabem, o Instituto Blackthorne termina aqui. Siga a cerca e, 200 metros à frente, encontrarão um ponto de transmissão de dados por onde passa todo o sistema eletrônico de segurança. — Ele olhou para Liz. — Sabe o que tem que fazer?

O rosto de Liz se iluminou ao responder:

— Sim.

— Você está pronta? Porque só terá sessenta segundos para hackear o sistema. Sessenta segundos ou não conseguiremos entrar. *Nem* voltar.

— Eu sei — disse Liz, parecendo ofendida.

— Ela já entendeu — Macey falou para ele.

Zach respirou fundo.

— Tudo bem. Eu sei. Eu só... Parece diferente deste lado, sabiam?

Aquela não foi a primeira vez que me perguntei se Zach teria abandonado a escola, onde estaria morando, como sobrevivia, mas aquele não parecia o momento para fazer essas perguntas. E ele provavelmente não iria responder mesmo.

— Algum dispositivo de segurança até lá? — perguntou Bex.

— Ande de leve e ficará bem.

Ainda assim, minhas três melhores amigas pareciam preocupadas.

— Bex e Liz podem cuidar do perímetro. Talvez eu devesse ir com você — sugeriu Macey, virando para mim.

— Quanto mais pessoas forem, mais probabilidade de sermos vistas — argumentei.

— É — disse Zach. — E é exatamente por isso que você tem que ficar aqui.

— Você mesmo disse que não sabe exatamente o que tem aí dentro, Zach. Entrar sem cobertura é burrice.

— Então deixe que eu seja burro.

— Não.

— Por quê?

— Porque eu tenho que *fazer alguma coisa*, OK? Não posso me sentar quieta e... esperar... Preciso *fazer* alguma coisa.

Ninguém disse nada por um momento. Estávamos todos muito molhados, muito doloridos, e tínhamos chegado longe demais para voltar.

Nessa hora Macey olhou bem nos olhos de Zach.

— Nós vamos deixá-la com você — alertou ela.

— Vou ficar bem, Macey — falei, mas foi como se ela não tivesse me ouvido.

— Vamos deixá-la com *você* — insistiu ela. — E, se fizer com que nos arrependamos disso...

— *Não vou* — respondeu Zach, e, de algum modo, acreditei nele.

A agente foi guiada por uma série de portões, portas e trincheiras muito lamacentas. Entretanto, a agente não reclamou de arruinar seu jeans favorito. (Embora quisesse muito reclamar.)

Do outro lado da cerca de arame, acho que eu esperava que o mundo fosse mudar. E mudou. Mas não do jeito que eu esperava.

Eu tinha visto a Academia Gallagher nas noites mais frias e nos dias mais quentes. Eu havia engatinhado por suas mais profundas passagens secretas e olhado pelas janelas mais altas. Tinha andado por ela sob neve e chuva forte.

Sei como é uma escola de espiões!

Ou pelo menos achei que soubesse. Até aquele momento.

Zach e eu deitamos de bruços sobre um monte baixo, olhando para o Instituto Blackthorne para Garotos lá adiante sob a luz de um farol de segurança que varria o terreno desde a torre mais alta. A maioria dos prédios era baixa, quadrada, tinha telhado de metal e grades pesadas em todas as janelas.

Apesar da hora, um grupo de mais ou menos vinte garotos corria pelo campo aberto que se estendia entre as três colinas e os prédios quadrados. Eles usavam macacões de paraquedista amarelos e corriam em perfeita sincronia, marchando na verdade, a canção que gritavam ecoando pelo vale escuro.

— Treino noturno — sussurrou Zach, mas não tive coragem de perguntar para que era o treino.

Um par de faróis apareceu no portão, iluminando a guarita de segurança e o caminho de cascalho.

— Minha mãe — murmurei.

— Bem na hora — disse Zach.

Quando minha mãe começou a dirigir em direção ao prédio principal, levantei meu binóculo e estudei cuidadosamente a placa pendurada no portão aberto. INSTITUTO BLACKTHORNE PARA GAROTOS. INSTITUIÇÃO PRIVADA DE DETENÇÃO. PERIGO. NÃO ULTRAPASSE.

Imagens do último ano me ocorreram em flashes — as camas perfeitamente arrumadas no alojamento temporário dos garotos na Ala Leste da Academia Gallagher; o modo como eles haviam estremecido, como se nunca na vida tivessem usado um paletó e uma gravata; e, acima de tudo, a expressão nos olhos de Zach ao me dizer que eu não ia gostar da vida na escola dele — nem um pouco.

— Você trouxe a sua cobertura, Garota Gallagher — disse ele, baixinho. — Nós trouxemos a nossa.

Ao terem acesso ao Instituto Blackthorne para Garotos, as agentes tiveram certeza do seguinte:

- O sistema de proteção da intranet do Instituto Blackthorne era bom, segundo a agente Sutton. Mas não o bastante.

- Como parte de seu disfarce, os internos do Instituto Blackthorne eram obrigados a usar um macacão de paraquedista num tom de amarelo que, segundo a agente McHenry, não fica bem em NINGUÉM.
- Os seguranças do Instituto usavam um método de verificação de área bastante agressivo e muito eficiente, exceto quando o invasor conhece o Método Bazinsky (que a agente Baxter conhecia).

Zach estava certo, é claro. A escola dele não era como a minha. Blackthorne tentava parecer um lugar para criminosos, e a Academia Gallagher parecia um palácio para princesas. Minha escola ficava a menos de 1 quilômetro da Highway 10. A de Zach era escondida nas montanhas, escondida do mundo.

Eles tinham arame farpado, e nós, muros de pedra.

A escola deles parecia uma prisão feita para mantê-los lá dentro, e a minha parecia uma mansão feita para manter os outros fora.

Mas, ao me deitar ao lado de Zach no escuro, no alto da colina, ouvi sua respiração. Senti seu braço quente junto ao meu e tive medo de começar a suar ou tremer de nervoso, medo de que ele sentisse o sangue pulsando muito depressa pelo meu corpo e adivinhasse os pensamentos que se agitavam em minha cabeça — todas as coisas que eu não confiava que ele visse ou ficasse sabendo.

Tentei me afastar, porém Zach pôs a mão no meu ombro e me prendeu ali. Eu sabia que logo depois daquela colina estava o Instituto Blackthorne, com seus seguranças, professores e pequenos projetos de Joe Solomon, mesmo assim, quando ele pressionou seu corpo contra o meu, senti como se ele e eu fôssemos as únicas pessoas no mundo.

Suas mãos se moveram até o meu rosto e, sob a fraca luz, vi os olhos dele mais claramente do que nunca.

Zach me via.

Zach me conhecia.

Ali, deitados nas sombras, com o rosto dele a poucos centímetros do meu, eu era tudo, menos invisível.

— Fique aqui — sussurrou ele. Senti as palavras roçarem a minha face. — Por favor, Garota Gallagher, apenas fique aqui.

Eu queria me afastar, lembrar a ele que eu era uma garota crescida, uma agente altamente treinada, uma espiã — que eu tinha treinado a vida inteira para aquela missão e não ia ser deixada para escanteio. Mas na penumbra daquele lugar, com Zach grudado em mim, apenas um pensamento me veio à mente. Eu o beijei — mais longa e demoradamente do que já havia beijado antes. Dessa vez a escola inteira não estava nos vendo. Não havia nada divertido na situação. Éramos apenas duas pessoas se beijando como se fosse a primeira vez, como se pudesse ser a última.

Então me afastei.

— E aí? — perguntei, como se estivesse acostumada a beijar desse jeito o tempo todo (o que, acreditem, não estou). — Onde você vai me encontrar de novo?

— Nas tumbas.

Capítulo Trinta e Oito

Nos vinte minutos seguintes, eu devo ter quebrado uma dúzia de regras de operações secretas.

Afinal, eu não sabia aonde estávamos indo. Não tinha a menor ideia do que iríamos encontrar quando chegássemos lá. Não havia planejado estratégias alternativas de entrada, de saída ou alguma técnica para evitar que meu rabo de cavalo ficasse voando para o meu rosto. Apenas tinha certeza que a mão de Zach segurava a minha (apesar de ser comprovado que as pessoas se escondem melhor quando não estão segurando nada) e que a voz de Bex era o único som familiar que eu ouvia.

— Camaleão, o que foi mesmo que ele disse? — perguntou ela na unidade de comunicação em meu ouvido, enquanto Zach e eu atravessávamos correndo o campo aberto atrás da colina. — Porque estamos procurando o banco de dados para "tumbas", mas...

— Não é *no* banco de dados — interveio Zach.

— É algum tipo de cemitério? Não conseguimos encontrar uma entrada no...

— Não há entradas cadastradas.

— Nem menção a isso em lugar nenhum — concluiu Bex.

Zach olhou para mim.

— Não é o tipo de lugar que se menciona.

— Câmeras passando em três, dois, chão! — ordenou Liz de seu posto de observação, e Zach e eu caímos no chão, como duas pedras.

— Rolem — disse Liz.

Eu me lancei por uma inclinação íngreme e caí numa vala de lama.

Ouvi vozes acima de nós e os passos dos garotos Blackthorne correndo em perfeita sincronia enquanto Zach e eu continuávamos engatinhando na lama.

— Espere, não é uma tumba de verdade, é? — indagou Macey.

Parecia uma excelente pergunta, mas Zach ficou em silêncio, se arrastando para longe dos prédios e dos seguranças, e em direção à montanha que compunha a paisagem ao fundo da escola.

— O que são as tumbas, Zach? — perguntei de novo, quando chegamos à base do primeiro monte e saí da vala para o abrigo das árvores.

O chão era áspero e íngreme. Caminhamos por uma trilha cheia de ervas daninhas e arbustos — como se a natureza reivindicasse aquele lugar de volta.

— A barra está limpa agora — disse Liz, a 3 quilômetros de distância, embora eu já tivesse percebido.

Os garotos que corriam haviam sumido. Nenhuma câmera conseguiria nos alcançar graças a densa copa das árvores.

Somente um único raio de luar conseguia atravessar. Agora me lembro bem disso — eu podia ver claramente os traços de Zach, a expressão em seus olhos quando começou a afastar as pedras cobertas de musgo na encosta íngreme da montanha.

— O que você está procurando?

— Deveria haver uma entrada aqui em algum lugar. — Ele chutou as folhas e arbustos caídos que cobriam o chão da floresta. — Fica escondida... misturada à paisagem. Mas deveria haver um interruptor, ou talvez...

— Uma alavanca? — sugeri, andando 1 metro até uma árvore que crescia na encosta, num ângulo diferente de todas as outras. Ergui a mão para o único galho em toda a floresta que não tinha sequer uma folha nova. — Como esta aqui?

— Cavernas? — Ouvi o eco da minha voz, embora a palavra tenha soado pouco mais alta que um sussurro. — As tumbas são cavernas?

— Cuidado onde pisa. — Foi a resposta de Zach.

Eu ainda podia ouvir minhas amigas falando em meu ouvido, mas o som ia se transformando em estática a cada passo que dávamos atrás da entrada secreta.

As paredes de pedra à nossa volta eram apertadas e úmidas, iluminadas por lâmpadas fracas que pendiam, expostas, a intervalos regulares. Eu tinha a sensação de que não estávamos indo para baixo da terra. Era como se estivéssemos atravessando direto para o outro lado das montanhas que talvez fosse a melhor linha de defesa do Instituto Blackthorne.

— Os índios nativos americanos dessa região costumavam enterrar seus mortos em cavernas como esta — explicou Zach, do nada. — É por isso que são chamadas de tumbas. Durante a Segunda Guerra Mundial, o Exército usava toda esta área para teste de armas e treinamento. Depois da guerra, encontraram outro uso para ela.

Era estranho ouvir Zach revelar qualquer coisa sobre seu passado. Eu queria perguntar mais, porém fiquei calada, lembrando-me dos verões no rancho e do como os bezerrinhos recém-nascidos às vezes se arrastavam para perto, curiosos e tímidos, sem saber em quem confiar. Eu sabia que, se me movesse muito rápido, poderia assustá-lo, por isso apenas esperei.

— Na verdade nós não... — Ele olhou para mim. — Não as usamos mais.

— Quão longe elas chegam?

— Muito.

— Quantos canais e ramificações contêm?

— Um monte.

— Vai me dizer por que estava tão desesperado em me manter fora daqui? — perguntei.

Ele parou de repente, e bati contra seu peito. Era quase tão duro quanto as paredes de pedra à nossa volta.

— Em breve você vai ver com seus próprios olhos.

Andamos pelo que pareceram horas, desarmando armadilhas explosivas e nos esquivando de câmeras de vigilância.

— Talvez devêssemos nos separar — sugeri.

— Você fica comigo — disse Zach, como se não coubesse discussão.

A passagem secreta era mais alta que as da Academia Gallagher. As paredes de concreto pareciam mais modernas. Era um túnel de última geração, mas não era novo nem bonito. Nada ali era qualquer coisa além de funcional, e o cheiro de mofo e as grossas teias de aranha me diziam que fazia muito tempo que ele não era usado.

— Cuidado onde pisa — alertou-me Zach, quando chegamos a um trecho inclinado do túnel, no qual a água havia se congelado em grandes poças negras.

— Ah, aposto que você diz isso para todas as garotas que traz aqui.

Zach parou. Quando se virou, nem parecia o garoto que eu conhecia.

— *Ninguém* vem aqui.

Um metro e meio à frente, a passagem de pedra se alargava. O teto ficava mais alto. Ouvi o gotejar ritmado da água que corria pelas fendas na pedra acima de nós e caía em poças no chão de concreto. Mas não havia bordas suaves ali, nem luzes brilhantes. Ao entrar naquele espaço, percebi que tínhamos nossa cota de câmaras subterrâneas secretas na Academia Gallagher, mas eu nunca estivera num lugar como aquele.

Correntes pendiam do teto, ao longo de uma parede. Havia diversas fileiras de bonecos de teste com enormes círculos vermelhos pintados no peito. Mesas de aço inoxidável ocupavam o centro da sala, em cima delas bandejas cheias de teias de aranha, com seringas e alicates, esperavam, como se alguém fosse entrar a qualquer momento, espanar a poeira e continuar alguma experiência terrível.

— Não usamos mais isto aqui — disse Zach, em voz baixa, embora não houvesse vivalma que pudesse nos ouvir. A vergonha dominou suas palavras quando ele olhou para o piso úmido de concreto. — Realmente *não* usamos mais.

Meia dúzia de outras passagens secretas levavam àquela sala, mas ainda assim eu sentia a pressão da montanha sobre mim, como se não houvesse saída.

— Zach... — Minha voz ficou presa na garganta. — Que lugar é este?

— Você realmente não sabe que tipo de escola é esta, não é?

— Uma escola de *espiões* — disparei, o sangue latejando em minhas veias.

Ele balançou a cabeça devagar. Mesmo na luz fraca, vi seus olhos se arregalarem.

— Não espiões. Nem sempre.

— Então o quê é?

— Ora, vamos, Garota Gallagher... uma escola no meio do nada para garotos problemáticos sem nenhum outro lugar aonde ir? Você *sabe* o que é este lugar.

Olhei em torno da sala, pensei nas metralhadoras e nos garotos marchando, nas horas que eu e minhas amigas tínhamos gastado na última primavera procurando alguma pista do Instituto Blackthorne e não encontrando nada além de segredos e mentiras.

— Não — falei. — O Sr. Solomon estudou aqui. Ele...

— Estava começando a mudar as coisas — concluiu Zach. Ele se aproximou. — Você sabe o que nós somos, Garota Gallagher.

— Não. — Balancei a cabeça. — Não podem ser...

Havia muitos termos para o que Zach estava tentando me dizer. *Matadores. Executores.* Mas tudo o que consegui fazer foi olhar para o garoto de pé ao meu lado — o garoto que eu mal conhecia — e sussurrar:

— *Assassinos.*

— Eu lhe disse que este lugar tinha sido feito para os preparativos de guerra. Segunda Guerra Mundial, Guerra Fria e todas as outras que poderiam ter acontecido, mas não aconteceram. Pelo menos ainda. — Ele olhou para mim, quase implorando ao murmurar: — Nós *não* usamos mais este lugar.

— É por isso que eles não confiam em você? Os Baxter... Tia Abby...

— Eles são pessoas inteligentes e com bons instintos. — Ele olhou para o outro lado e depois novamente para mim.

— Mas isso não faz sentido, Zach. Você não construiu este lugar. O que pode ter feito de tão terrível?

— Não!

De pé ali, centenas de metros dentro da montanha, não dava para saber quão longe o grito havia reverberado pelo labirinto de pedra.

— De verdade. Você pode me contar.

— Não. Não posso mesmo.

Após conhecer o propósito original do Instituto Blackthorne para Garotos, a agente achou que poderia entender mais facilmente o Trunfo.

(Mas acontece que potenciais-futuros-assassinos-barra-espiões são os garotos mais complicados de todos.)

Levamos mais uma hora para chegar lá. Por duas vezes encontramos os túneis bloqueados por desmoronamentos, toneladas de pedras bloqueando nosso caminho. Uma vez Zach reconheceu que estávamos na direção errada, e tivemos que retornar 100 metros. Passamos por mais três salas como a primeira que tínhamos visto — uma dúzia de portas trancadas e bunkers de concreto tão escuros que eu não conseguia enxergar nada.

— Nunca vim tão longe — admitiu ele.

De algum modo, eu sabia exatamente como ele se sentia.

— Não quero parecer mal-agradecida nem nada, mas você sabe aonde estamos indo?

Acho que foi a primeira vez que ele sorriu em horas.

— Não exatamente. — Ele esticou a mão para pegar a minha, se ajoelhou para passar por baixo de um arco. — Joe me disse onde tinha deixado, para o caso... de isto acontecer.

— E onde está? — perguntei, mas Zach parou.

Ele apontou.

— Ali.

A sala era grande — tinha dois andares e havia pelo menos meia dúzia de túneis serpenteando até ali. De algum modo, só por estar ali, eu soube que enfim havíamos chegado ao centro da montanha.

Quando Zach e eu pisamos em uma pequena passarela de metal no segundo andar, olhei para a sala abaixo de nós. Era básica, mal-acabada. Escadas de metal conduziam ao andar de baixo. Prateleiras e armários de arquivo se alinhavam às paredes. E a cada centímetro havia pastas, caixas e relíquias do passado.

— É... — começou Zach, devagar. — É uma espécie de versão Blackthorne do Subsolo Dois.

Eu o segui escada abaixo e o observei caminhar até a extremidade oposta da sala e se agachar ao lado de uma prateleira enferrujada. Prendi a respiração quando ele esticou o braço o máximo que podia, e então tirou de lá um caderno espiral enrolado em um plástico apertado.

— É *isso*? — perguntei.

Parecia tão simples — como um milhão de outros cadernos de um milhão de garotos. Por fim, realmente entendo o fato que eu já sabia havia meses: *Joe Solomon já teve 16 anos.*

Zach enfiou o diário dentro do cinto por baixo de casaco e pegou minha mão. Sem dizer nada, subimos as escadas de metal e começamos a voltar pelo túnel que tínhamos seguido antes.

Parecia tão fácil. Nossa missão estava cumprida. Tínhamos vencido.

Foi então que ouvimos as vozes.

Capítulo Trinta e Nove

Meu primeiro pensamento foi de que a equipe de segurança do Blackthorne havia nos encontrado — que tínhamos deixado passar despercebido um sensor de movimento ou havíamos pisado em um alarme silencioso — e eu já estava preparando minha desculpa... Zach era meu namorado. Eu estava ali num desafio. Invadir o Instituto Blackthorne era o melhor projeto para créditos extras de todos os tempos!

Porém, acabamos que Zach e eu nos jogamos no chão, de bruços e nos arrastamos de volta para a plataforma de metal que dava para a grande área de depósito abaixo, e...

E eu vi a mulher do terraço.

Dessa vez não havia dúvida de que era ela, porque ali, nas tumbas, tudo era mais alto, mais distinto — meus sentidos estavam mais aguçados do que nunca enquanto eu ficava ali deitada, olhando a mulher que havia me encontrado no terraço em Boston. E ela não estava sozinha.

As mãos do Sr. Solomon estavam amarradas. Um de seus olhos estava tão machucado e inchado que se mantinha completamente fechado, e, quando ele deu um passo à frente, mancando, vi um corte grande e profundo em sua perna esquerda. Cinco homens estavam de guarda atrás dele.

— Muito bem — disse a mulher ao Sr. Solomon. — Onde está?

— O quê?

Ela golpeou a cara dele com tanta força que esguichou sangue pela sala.

— Só vou perguntar mais uma vez. — A mulher se aproximou dele. O sussurro dela parecia ecoar na sala toda de pedra. — Onde está o diário de Matthew Morgan?

O diário do *meu pai*. Eles estavam procurando o diário do meu pai.

Mas ele não estava lá, e o Sr. Solomon sabia disso — ele sabia tudo sobre aquele lugar e ainda assim os levara às profundezas da montanha.

Para a versão Blackthorne do Subsolo Dois.

Ao meu lado, eu podia sentir a tensão nos braços de Zach. Conseguia sentir as engrenagens funcionando em sua cabeça enquanto nos fazíamos a mesma pergunta: o que Joe Solomon iria fazer?

— Não — disse Zach, arfando.

Segui o olhar dele.

Havia cabos cruzando o teto e as paredes, que desapareciam atrás das prateleiras e dos armários de arquivos, conectando tudo na sala a uma caixa com o aviso: CUIDADO! EXPLOSIVOS. Não pude deixar de pensar: *Igual ao Subsolo Dois*.

Eu não conhecia Joe Solomon — depois de tudo que havia descoberto sobre ele, eu me perguntava se algum dia chegaria a conhecê-lo. Mas eu sabia que ele jamais voltaria a se juntar ao Círculo por vontade própria. Eu sabia que ele sacrificaria a própria vida para dar fim ao Círculo.

Olhei para o envelope cheio de explosivos e entendi que o Sr. Solomon não tinha ido ali para salvar sua vida, mas para acabar com ela e, com sorte, levar junto o maior número deles que pudesse.

Zach começou a se levantar, mas eu o segurei.

— Pense, Zach. Nós só temos uma chance.

Via a raiva dele dar lugar ao medo quando ele me olhou nos olhos.

— Cammie, você tem que pegar isso. — Zach pôs o caderno envolvido em plástico nas minhas mãos e as apertou. — Você precisa correr.

— Não. Tenho que ajudá-lo.

Ele apertou minha mão com mais força.

— Você tem que *viver*. Agora vá. E não olhe para trás de jeito nenhum.

— Mas, Zach...

— Eles não vão me machucar.

Eu queria perguntar por quê, mas sabia que ele não responderia. Eu queria perguntar como, mas sabia que não importava. Apesar do meu treinamento e bom senso, tive vontade de discutir, mas sabia que não tínhamos tempo. Porque A) É inútil discutir com um espião que já tomou sua decisão. E B) Três homens armados bloqueavam o túnel atrás de nós e, definitivamente, não havia saída.

A mulher riu ao nos ver. Foi um som sinistro, que ecoou no meio da montanha.

— Nós os encontramos quando estávamos passando um pente-fino — disse o guarda, arrastando-me escadas abaixo.

Tentei me libertar, mas ele me segurava com muita força. A mulher se aproximou, me encarando. Avaliando-me. Nunca me senti tão suja em toda a minha vida.

— Oh, que surpresa. — Ela sorriu para o meu professor. — Joe, seu espertinho, por que não me disse que tinha um presente para mim?

Olhei para o Sr. Solomon. Tentei dizer que sentia muito. Que eu havia seguido os pombos, mas tinha falhado. Eu esperava ver decepção no olho bom dele, mas, em vez disso, o que vi foi raiva.

— Deixe-os sair ou não lhe darei nada!

— Por que eu faria isso? — perguntou a mulher. — Por que acabaria com esse reencontro comovente?

Ela estendeu a mão, e, por um segundo, achei que ela fosse acariciar meu cabelo, mas, no último instante, ela se virou, tocou o rosto de Zach e disse:

— Oi, querido. Não vai apresentar sua namoradinha para a mamãe?

Capítulo Quarenta

A mente é algo poderoso. Eu havia lido artigos. Já a vira em ação. Toda a minha vida tinha me ensinado esse simples fato, mas havia uma coisa que minha mente não conseguia entender: a mulher do terraço em Boston era a mãe de Zach.

Tive vontade de vomitar.

— Ela é sua mãe — falei, simplesmente.

Não foi uma pergunta — foi a constatação de um fato. E, de algum modo, aos poucos Zach começou a fazer sentido.

Ele estendeu a mão para mim.

— Garota Gallagher...

— Não toque em mim.

Eu me afastei, mas não antes de seus dedos roçarem minha pele, de sentir um arrepio, jurei que nunca mais voltaria a sentir isso por ele.

As unidades de comunicação em meus ouvidos estavam silenciosas. Tínhamos procurado por tempo demais, ido longe demais, e agora havia montanha demais entre mim e qualquer tipo de ajuda.

— É um grande prazer finalmente conhecê-la, Cammie. Ouvi falar muito de você. — A voz da mãe de Zach soava serena. — Espero que não esteja com medo. Tenho certeza de que Joe vai garantir que não queremos matar você.

Meu coração estava disparado, mas ainda assim, de algum modo, eu soube que era verdade — eles realmente *não* queriam me machucar. O que significava que queriam algo muito, muito pior.

— Cammie, eu...

Mais uma vez Zach esticou o braço para mim. Mais uma vez me afastei.

— Oh, querido, dá para ver por que gosta dela. — A mãe dele riu. — Mas agora quero que todos se espalhem e procurem o diário de Morgan. — Ela olhou para o filho e para mim. — E alguém reviste esses dois.

Um guarda ainda estava me segurando. Outro homem se aproximava. À luz fraca da lâmpada que pendia no meio do teto alto, vi os olhos de Zach se arregalarem e pensei em todas as vezes que ele havia olhado para mim antes — no elevador em Washington, em uma praça em Roseville, e em um pequeno compartimento de um trem cruzando a noite em alta velocidade.

Mas, enquanto o guarda me revistava, um novo, completamente novo, rosto de Zach me encarava, sussurrando:

— Agora!

Acredite ou não, há algumas vantagens em lutar contra dois atacantes em vez de um. Foi muito mais fácil jogar meu peso para trás, contra o homem que me segurava, e chutar o guarda que caminhava em minha direção com as mãos estendidas.

Pelo canto do olho, vi Zach girando, chutando um dos antigos armários de arquivo em direção à mãe. O armário a atingiu e a derrubou no chão, papéis caíram à sua volta. O guarda atrás de mim me empurrou de lado, como se eu não fosse nada, e correu para ajudar a chefe.

— O que você está fazendo? — gritou ela. — Pegue a garota!

Ouvi as palavras. Minha visão embaçou de tanta raiva. E, no instante seguinte, muitas coisas pareceram acontecer ao mesmo tempo.

O Sr. Solomon se jogou contra um dos homens perto da entrada de outro túnel. Meu professor passou as mãos amarradas por cima da cabeça do homem e o estrangulou enquanto corri o máximo que pude na direção deles.

Alguém se moveu para bloquear meu caminho, mas pulei para cima de uma estante e usei o impulso para me curvar no meio do salto e acertar o queixo do homem com o pé, antes de cair de leve no chão. Porém, outra pessoa apareceu em meu campo de visão, e me desviei bem na hora que a mãe de Zach desferiu um chute a poucos centímetros da minha orelha.

Dei um passo atrás enquanto ela me rodeava. Como se eu fosse uma presa. Acima de nós, aquela única lâmpada balançava, lançando uma sombra móvel sobre tudo o que tocava, enquanto a mulher que havia assombrado meus sonhos durante meses se aproximava, sorri.

— Você é muito mais bonita de perto, sabia?

Bloqueei mais alguns de seus goles e, quando contra-ataquei, acertei um soco rápido em seu rim e outro em seu rosto.

— Ah, sim — disse ela, limpando o sangue que escorria do canto de sua boca. — Consigo ver o charme.

— Desculpe-me por não poder dizer o mesmo — respondi, com sarcasmo.

Do outro lado da sala, Zach tinha pegado uma espada da parede e estava lutando com dois homens ao mesmo tempo. A lâmina de aço fez um barulho agudo naquele espaço vazio e as batidas ritmadas das espadas eram quase relaxantes — como uma vibração. Uma pulsação.

— Sabe, Cammie, gostaria que pudéssemos ser amigas. Temos tanta coisa em comum.

— Sim, eu...

Mas não pude terminar, porque percebi que as espadas não estavam mais se chocando. Quando virei vi que os dois homens que lutavam agora estavam no chão, sangrando, tentando ficar de pé, enquanto Zach disparava para junto do Sr. Solomon, que lutava do outro lado da sala.

Zach estava tão focado em ajudar nosso professor que não notou quando um dos homens no chão sacou uma arma e a apontou para suas costas.

— Não! — gritou alguém, e só quando o homem parou percebi que não tinha sido eu.

Só havia uma pessoa naquela caverna capaz de salvar Zach — uma única pessoa tinha o poder de impedir que as peças de dominó caíssem, e foi essa pessoa que virou as costas para mim e partiu na direção do filho.

Vi a mãe de Zach bater no homem com a arma, que caiu no chão fazendo barulho. Mesmo sem me virar, eu soube que não havia ninguém atrás de mim naquele momento — não havia absolutamente nada entre mim e um dos túneis que subiam para o andar principal. E mesmo assim não consegui me mexer.

Tudo pareceu congelar durante aquele único segundo quando Zach pegou a arma e gritou:

— Agora! Corra!

Mas eu não poderia deixá-lo. Não poderia correr. Não poderia fazer nada além de gritar:

— Não!

Zach estava apontando a arma para a caixa com o aviso: CUIDADO! EXPLOSIVOS.

— Adeus — disse ele.

O tiro ecoou pelas tumbas. Choveram fagulhas, iluminando a caverna como se fosse o Quatro de Julho. Uma luz vermelha passou por mim chiando. Comecei a tatear em volta, com os braços e as pernas, o diário roçando a base das minhas costas. E, mesmo quando o som da primeira explosão soou pelas tumbas, consegui me manter à frente dela, um pé à frente do outro, pelo labirinto assustador e cheio de fumaça.

Continuei correndo.

Não olhei para trás.

Não faria bem algum ver os fantasmas do Instituto Blackthorne pegando fogo.

Capítulo Quarenta e Um

Fogo. Tentei esquecer o fogo, mas os túneis estreitos pareciam um forno. A água que gotejava das paredes se transformava em vapor. Não me permiti pensar nas passagens bloqueadas que Zach e eu tínhamos visto, nem na chance de aquele túnel desconhecido também não ter saída. Apenas continuei correndo até que a fumaça ficou menos densa e o ar, mais fresco.

— Espalhem-se! — O grito ecoou pelo escuro. — Encontrem-na!

Em meus ouvidos, as unidades de comunicação começavam a estalar e zumbir, e falei para a estática:

— Estou nas tumbas. Estou correndo... Não sei. — Mas eu *sabia*. O Sr. Solomon estava morto, mas sua voz ainda vivia em minha cabeça. — Sul. Estou correndo para o sul. O Círculo está atrás de mim.

Ouvi a voz da minha mãe gritando ordens, mas não para mim. Corri mais depressa. Em direção à luz. Em direção à floresta. Em direção ao ar fresco, liberdade e cobertura. Em breve, tudo estaria acabado. Eu só precisava continuar correndo.

O barulho do rio ficou mais alto. Eu podia ouvir as corredeiras e sentir o cheiro do ar fresco e úmido.

— Estou quase lá — gritei na minha unidade de comunicação. — Estou quase...

Mas então fiz uma curva, parei de repente e percebi que eu não estava perto das corredeiras — estava *atrás* delas.

O túnel acabava em um abismo rochoso. A única coisa que havia entre mim e o céu era a queda d'água.

— Estou atrás da cachoeira — gritei. — Estou...

— Encurralada?

A mulher não parecia com Zach — não naquele momento, não de verdade. Sem a máscara que ela estivera usando em Boston, pude ver que o cabelo dela tinha um tom escuro de vermelho e sua pele era tão pálida quanto a mais fina porcelana de madame Dabney. Mas os olhos. Ela tinha os mesmos olhos escuros do filho. Quando me encarou, não pude deixar de pensar que eu nunca mais veria os olhos dele novamente.

— Acabou — falei. — Estou com unidades de comunicação. Todo mundo sabe...

— Não importa o que sua equipe de proteção sabe, Cammie, querida. É tarde demais. Ninguém pode ajudar você.

Ouvi mais sons vindo de trás dela. Pessoas se aproximavam. O pessoal dela.

— Você não pode nos derrotar — falei. — Pode me matar, me levar, não importa. A Academia Gallagher simplesmente vai formar outras garotas como eu. Se uma de nós sobrevive, todas sobrevivemos.

— É claro que sim. — Ela sorriu. — Foi a Academia que *me formou.*

Não falei nada — juro, não falei mesmo —, mas minha expressão deve ter dito muita coisa, porque, no momento seguinte, a mulher deu uma gargalhada terrível e sombria.

— Oh, Zach nunca comentou que a mãe dele era uma Garota Gallagher? — Ela arqueou uma sobrancelha, depois deu de ombros. — Acho que não.

— Não. — Balancei a cabeça. — Garotas Gallagher são...

— Nós somos o que quisermos ser, Cammie. — Ela se aproximou um passo. Estremeci ao ouvir o *nós.* — *Qualquer coisa* que quisermos.

Pensei no que Abby e os Baxter tinham dito naquela noite no castelo — que o Círculo recrutava agentes muito jovens... Joe Solomon havia crescido e enxergado a luz, e passara a vida tentando corrigir seus erros. Porém a maioria das pessoas — olhei para a mãe de Zach, bem no fundo de seus olhos escuros —, a maioria nunca deixa as tumbas.

— Está vendo? Somos irmãs, Cammie. Você realmente não tem o que temer. Nós precisamos de algo que está *dentro* de você. — Ela bateu com o dedo na têmpora. — Só queremos pegar emprestado.

O Sr. Solomon estava morto.

Zach estava morto.

— Não irei com você — falei, deslizando mais para a beira do penhasco, lembrando-me da promessa dela e do fato que havia me assombrado durante meses: eles me queriam viva.

— Ora, Cammie, saia de perto desse penhasco. Não seja idiota.

— Não sou idiota — falei, com mais certeza do que jamais tivera na vida.

O barulho da água era ensurdecedor. A parte de trás da minha camiseta estava molhada dos respingos. Queria secar a água dos olhos, mas precisava das mãos à frente do corpo. Eu precisava estar pronta.

— Você não quer fazer isso, Cammie. Nós realmente *não vamos* machucá-la.

— Eu sei — falei, e sabia. Mais ou menos.

— Só queremos levá-la a um lugar... fazer algumas perguntas. Ajudar você a... *se lembrar*... de algumas coisas.

— Tenho certeza que sim. — Eu me mexi, e as pedras sob meus pés deslizaram.

O Sr. Solomon estava morto.

Zach estava morto.

O filho dela tinha morrido, e ela continuava atrás de mim e de qualquer que fosse o segredo que eu carregava.

Havia cinco anos e meio que eu estudava Proteção e Cumprimento da Lei, mas até aquele momento eu nunca tinha pensado a sério em como seria matar alguém — nunca quisera pensar nisso.

— O que foi? — perguntou ela. — No que você está pensando?

— Estou tentando decidir se devo matar você ou não.

Ela riu.

— Você não pode me matar.

Mas eu podia. Naquele momento, eu sentia tanto medo, tanta raiva e tanta dor que poderia ter feito isso. Facilmente.

Ela riu mais e se aproximou devagar, como se a parede de água e ar fosse o pior destino possível.

Então a mãe de Zach se inclinou para mim, como se fosse me contar um segredo, e disse:

— Se você *me* matar, quem a levará até seu pai?

Ela disparou para cima de mim, porém naquela altura não tinha mais nada a perder.

E, antes que suas palavras se fixassem em minha mente — antes que os agentes do Círculo de corriam pelo túnel os alcançassem —, pensei nos corvos e abri as asas para voar.

Capítulo Quarenta e Dois

Caso você ainda não saiba, o salto não me matou.

Eu me lembro de atravessar as cataratas.

Lembro-me do ar fresco, do vento frio e de pensar que eu podia voar.

E então houve o impacto e as correntes geladas passando repetidamente por cima de mim, como se eu estivesse presa em um cobertor, tentando me soltar.

E então não houve mais nada. Nenhuma escuridão. Nenhum fogo. Nem calor nem frio.

E, pela primeira vez em meses, dormi e não sonhei.

— Cammie!

Ouvi meu nome ecoar na noite, voando ao vento. Meu corpo doía. Minhas roupas estavam coladas em mim, pesadas e molhadas. Eu ouvia o rio, os gritos e mais alguma coisa, uma voz dentro de mim dizendo que eu não estava em segurança. O Círculo ainda estava lá.

Eu tinha que sair dali. Tinha que me esconder. Pensei na última coisa que Zach havia me pedido: eu precisava correr e nunca, jamais poderia olhar para trás.

Nem quando ouvi o helicóptero.

Nem quando vi o farol vasculhando o terreno ao lado do rio e me queimando, mantendo o foco em mim.

Nem quando ouvi uma voz grave gritar:

— Eu a encontrei! Ela está aqui!

Nem quando braços fortes me envolveram e alguém disse:

— Fique quieta.

Nem mesmo quando o helicóptero preto aterrissou na minha frente e minha mãe saiu correndo pela porta aberta.

Mesmo assim eu tinha que continuar correndo, mas meus pés não tocaram o chão. Tentei lutar, mas os braços que me seguravam eram fortes demais.

— Rachel — disse o agente Townsend, ainda me agarrando.

— Cammie, querida, pare de lutar — disse minha mãe, enquanto meu professor me carregava para baixo das hélices, que giravam.

Capítulo Quarenta e Três

Havia muito barulho dentro do helicóptero. Tentei me mexer, mas todo o lado direito do meu corpo parecia em chamas.

Chamas.

— O Sr. Solomon — comecei, mas as palavras ficaram presas numa tosse, como se meus pulmões tivessem carregado a explosão dentro deles. — Zach...

— Querida, você destroncou o ombro. Vai sentir muita dor quando o choque passar.

Que choque? Tive vontade de perguntar, mas em vez disso peguei a mão de minha mãe.

— Papai — sussurrei. — Ela ia me levar até o papai.

— Ela está delirando, Rachel. — O agente Townsend falou mais alto que eu. Ele e minha mãe falavam sobre mim.

— Ele está vivo! — Levantei-me com um salto e uma dor que eu nunca havia sentido atravessou meu corpo. — Eles estão mortos — murmurei, mas tudo estava girando, ficando escuro.

* * *

Ao ser admitida na enfermaria da Academia Gallagher, a agente Morgan passou por exames, tomou injeções, foi apalpada, foi fotografada, escaneada, fez radiografias e recebeu curativos.

Entretanto não foi questionada, interrogada, inquirida, nem lhe explicaram que diabo estava acontecendo.

— Mamãe? — Minha voz estava tão áspera que eu mesma mal a reconheci. — Minha mãe está aí?

— Não — disse alguém atrás de mim. Ouvi a porta se fechar e vi o agente Townsend andar até os pés da minha cama de metal. — Ela não está.

Eu podia ter sido drogada, estar ferida e cheia de bandagens, mas a ironia não havia desaparecido de dentro de mim. Eu sabia que não tínhamos avançado muito desde Londres.

— Quero falar com a minha mãe.

— Ela não pode vir agora, Srta. Morgan. Acho que você vai ter que começar falando comigo.

— Eu posso esperar.

Ele sorriu.

— Mas eu não. Sabe, tenho que pegar um avião.

Tudo bem, talvez fossem as drogas que haviam injetado em mim, mas aquela quase pareceu uma boa notícia.

Tentei me sentar, porém meu corpo não quis obedecer. Meu ombro doía, e todo o lado direito do meu corpo era um hematoma grande e contínuo.

— Você não quebrou nada — disse ele, como se fosse um milagre, e acho que foi mesmo. — Mas vai ficar dolorida por um tempo. Deslocou o ombro na queda e inalou muita fumaça, no entanto você vai ficar bem, mocinha.

Ele sentou na cadeira de metal em frente à cama.

— Agora, me diga o que aconteceu nas tumbas.

Contei tudo a ele — contei mesmo. Desde a verdade que eu havia descoberto sobre o Instituto Blackthorne até o momento em que vi o Círculo arrastando o Sr. Solomon de volta ao lugar onde, de algum modo, tudo havia começado.

Contei tudo em detalhes e cronologicamente.

Joe Solomon teria ficado muito orgulhoso.

O agente Townsend ouvia o que eu falava, mas não fez nenhuma anotação sequer — não disse uma palavra.

— E então eu pulei — concluí. Olhei meu corpo machucado. — Acho... que o resto você já sabe.

Ele balançou a cabeça devagar.

— Sim. Acho até que sei um pouco mais que você.

Ele apoiou os cotovelos nos joelhos e se inclinou para a frente.

— Até agora, retiraram três corpos dos destroços, e as buscas continuam. Suas amigas estão absolutamente intactas, mas um pouco irritadas por estarem sendo mantidas longe de você — falou, como se o drama de adolescentes estivesse começando a preocupá-lo. Então se inclinou ainda mais para perto e acrescentou, em voz baixa: — E há mais uma coisa.

Ele caminhou até a porta e voltou com uma cadeira de rodas. Um minuto depois, o agente Townsend estava me empurrando para dentro de um quarto de luz fraca, maior que o meu. Máquinas apitavam. Médicos e enfermeiras se moviam sem fazer barulho. E no meio daquilo tudo, havia um homem deitado em uma cama, quebrado e ferido, um olho inchado e completamente fechado.

— Um jovem o trouxe para cá na noite passada. Não tem identificação nem nome.

Quando Townsend me empurrou para mais perto, prendi a respiração. O homem na cama estava enfaixado quase dos pés à cabeça, e ainda assim, quando a cadeira de rodas parou, identifiquei um rosto que tinha visto pela primeira vez no fundo do Salão Nobre, um ano e meio antes.

— Então talvez nós apenas devamos chamá-lo de Sr. S.

Tive vontade de pegar sua mão, mas não queria tocá-lo e correr o risco de descobrir que era apenas um sonho.

— Agora, se me dá licença, Srta. Morgan — disse Townsend. — Realmente tenho que ir. Como você pode imaginar, o MI6 tem muitas perguntas, e eu...

— Mas...

— Meu trabalho aqui era encontrar o Sr. Solomon, mocinha. — Ele olhou para mim por um bom tempo. — E Joe Solomon está morto. Testemunhas o viram morrer numa explosão na noite passada.

Lágrimas escorreram de meus olhos, mas não tentei impedi-las. Não agradeci, não pedi desculpas, nem disse qualquer uma das dezenas de outras coisas que o agente Townsend provavelmente queria ouvir.

Em vez disso, eu o observei olhar para o homem na cama — o homem que havia chegado mais perto de destruir o círculo do que qualquer outra pessoa viva. Eu o vi fazer um aceno de cabeça para o sr. Solomon e sussurrar:

— Ninguém mais precisa ir atrás dele.

Townsend parou a meio caminho da porta.

— Ah, sim — falou, se virando. — Você estava segurando isso na noite passada. Ele tirou do bolso o pequeno caderno de espiral e o entregou a mim. Quase não o reconheci sem o plástico. — Você tem um gosto interessante para livros, Srta. Morgan. — Ele me deu as costas devagar.

— Muito interessante, na verdade.

— Há quanto tempo você está perseguindo o Círculo, agente Townsend? — perguntei de repente, fazendo-o parar à porta.

— Há muito tempo.

— Você acha que meu pai está com eles? Acha que ele está vivo?

Sua voz soou um pouco desafinada ao dizer:

— Não.

Então ele se virou e foi embora.

Capítulo Quarenta e Quatro

— Oi, filhota — falou minha mãe, atrás de mim.

Mas, em vez de me virar, continuei sentada, olhando fixamente para o Sr. Solomon, me perguntando, não pela primeira vez, se estava diante de um fantasma.

— Ele vai... superar isso? — perguntei.

— É muito cedo para dizer, querida — admitiu mamãe. Ela se aproximou. — Como você está?

Não respondi. Em vez disso, me virei e perguntei:

— Onde está Zach? Foi ele que trouxe o Sr. Solomon de volta, não foi? Ele está aqui? Ele está...

— Ele está bem, filhota. Um pouco queimado. Um pouco machucado. Mas vai ficar bem. E, sim, está aqui. — Ela chegou mais perto. — Na verdade, passei a manhã inteira ao telefone com os depositários, pedindo a permissão deles para que Zach terminasse o semestre aqui conosco. — Ela respirou fundo. — Ele não tem nenhum lugar seguro para onde ir.

Quando falou, suas mãos moveram-se quase involuntariamente para o Sr. Solomon — ajeitando seu cobertor, alisando suas bandagens — e eu soube que, ao contrário de mim, ela não conseguia parar de tocar nele. Se pudesse, ela o curaria com as próprias mãos.

— Papai está vivo.

De repente, minha mãe recolheu a mão.

— Ele está vivo, mãe — falei, amaldiçoando a cadeira de rodas, precisando enfrentar minha mãe e o mundo de cabeça erguida, não como uma inválida, como uma criança. — Ele está vivo. Ela... A mãe de Zach falou.

Mamãe caiu de joelhos e olhou nos meus olhos.

— Ouça, Cammie. *Escute*. Eles dirão qualquer coisa... farão qualquer coisa para conseguir o que querem. E, neste momento, querem você.

— Por quê? — indaguei, a pergunta me queimando por dentro. — Eles foram ao Instituto Blackthorne porque o Sr. Solomon disse que o diário de papai estava lá. Eles iriam a qualquer lugar para me encontrar. *O que eles querem?*

Mamãe acariciou meu cabelo.

— Não sabemos, filhota. Provavelmente seu pai estava chegando perto de alguma coisa. Acho que foi por isso que o mataram.

— Ela disse que ele está vivo!

— Não deixe que a façam de boba, Cammie! — disparou minha mãe, depois baixou a voz até um sussurro. — Não se permita... ter esperança.

Sei muito bem quão perigosa a esperança pode ser, como ela cresce e às vezes morre, nos levando junto. É mais poderosa que qualquer coisa que o Dr. Fibs tenha em seu laboratório, mais preciosa que todos os segredos do Subsolo Dois.

— Talvez ela não estivesse mentindo — falei. — Certo? Diga que ela poderia não estar mentindo.

— Não sabemos. — Ela pronunciou cada palavra devagar, com cuidado, como se falasse tanto para si mesma quanto para mim. — Mas passei anos procurando seu pai, e acho... na minha opinião profissional... que ele provavelmente não está... vivo.

Agentes que sempre mentem são os piores espiões. Suas informações são questionadas, suas missões abandonadas. Sempre tem que haver alguma verdade no meio do lixo. Os agentes secretos chamam isso de alpiste. Mas naquele quarto, naquele dia, minha mãe simplesmente chamou de esperança.

Quando ela empurrou minha cadeira em direção à porta, estendi para ela o velho caderno de espiral.

— Sr. Solomon queria que Zach ficasse com isto. Pode entregar a ele?

— Entregue você mesma, filhota. Ele está esperando aí fora.

O rosto dele ainda estava coberto de fuligem e cinzas. Suas roupas estavam queimadas. Havia bandagens no braço direito, e, ainda assim, tudo em Zach era perfeito. Ele tinha saído ileso. Vivo.

Minha mãe me empurrou na direção dele, mas Zach não pegou minha mão. Não nos abraçamos nem beijamos. De algum modo, o fogo ainda estava entre nós, e nenhum dos dois se moveu, com medo de se queimar.

— Aqui. Você deve ficar com isso — falei, estendendo o diário. — Quando ele acordar...

Ele pegou o caderno. Seus dedos roçaram os meus. Havia um milhão de coisas a dizer, talvez mais, porém, naquele breve momento, sentir seu toque foi suficiente. Estávamos quentes. Estávamos vivos.

— Cam! — As vozes de minhas melhores amigas ecoaram pelo corredor, seguidas pelos sons de passos apressados no piso de madeira.

— Cammie, estávamos tão preocupadas! — gritou Liz.

Bex e Macey passaram os braços em volta de mim com um pouco mais de força do que seria adequado usar com alguém que estava com o corpo todo machucado e um ombro deslocado.

— Estou bem, meninas — falei. — Estou bem. Zach e eu estamos...

Mas não terminei a frase. Quando me virei não vi nada além do corredor vazio.

Capítulo Quarenta e Cinco

PRÓS E CONTRAS DAS ÚLTIMAS SEMANAS DO SEGUNDO ANO

PRÓ: A mãe de Bex se ofereceu para tirar uma licença no MI6 e ensinar OpSec até o fim do semestre.

CONTRA: O Sr. Solomon ainda não havia acordado.

PRÓ: Quando uma Garota Gallagher é seriamente ferida por uma (malvada) ex-Garota Gallagher, outras Garotas Gallagher do mundo todo mandam incríveis presentes desejando melhoras — como chocolate. Suíço.

CONTRA: A nova regra de suas amigas "Cammie não vai a lugar nenhum sem *duas* de nós" implica que os chocolates não durem muito. Mesmo.

PRÓ: Estar na lista de "Treino Leve" em P&CdL deixa muito tempo disponível para treinar arco e flecha.

CONTRA: O treino de arco e flecha quase sempre inclui Liz (que apenas *arranhou* a madame Dabney daquela vez, não importa o que você tenha ouvido).

PRO: Um garoto incrivelmente inteligente, gato e misterioso foi para a Academia Gallagher.

CONTRA: Nenhum de nós se permitia esquecer por quê.

— E quanto a Lisboa? — perguntou Bex, no dia que saí da enfermaria.

O sol brilhava, e ela se esticou num cobertor à beira do lago, fechou os olhos e de repente sentou de novo.

— Oooh.. Genebra! Minha mãe adora Genebra, Cam. Aposto que conseguimos convencer meus pais a...

— O que tem Genebra? — perguntei, tentando me sentar ao lado dela.

Meu orgulho ficou tão ferido quanto meu corpo quando Macey pegou meu braço bom e me ajudou a sentar no chão.

— Para passar o verão, sua boba — disse Liz.

Verão... lancei um olhar vazio para o lago. Eu tinha me esquecido completamente do verão.

— Vou para o rancho nas férias — falei, como se elas não soubessem disso.

— Bem, Cam. Ouvi minha mãe conversando com a sua sobre isso, e...

— É muito perigoso — terminei por ela.

Embora o sol brilhasse, uma sombra cobriu o rosto de minhas amigas.

— Meus pais vão ajudar — explodiu Bex. — Como nas férias de inverno. E sua mãe também. E... vai ser divertido.

— Não sei... Parece... — Arriscado. Perigoso. Mortal.
— Não quero que vocês abram mão das suas férias por minha causa.

— Você está brincando? — perguntou Macey. — Vai ser incrível. Ei, e a casa dos meus pais numa estação de esqui na Áustria? O lugar é uma fortaleza. — Macey cruzou as pernas longas.

— Obrigada, Macey, mas...

— Não. Sério. É uma fortaleza *de verdade*. Nos Alpes. Não há a menor chance de o Círculo pegar você lá.

Elas pareciam tão confiantes — tão seguras. Aquele era o dia mais bonito que tínhamos em semanas, e praticamente toda a escola estava do lado de fora, remando no lago, correndo na floresta, ou, como nós, deitada em cobertores, estudando ao sol. O ar fresco enchia meus pulmões e eu quase consegui esquecer a fumaça e as tumbas. Quase.

— Ooooh — disse Bex. — Ele *apareceu*.

Ao apontar para o outro lado do terreno, ela fez parecer que a presença de Zach na escola era menos como *aluno visitante* e mais como um *fantasma*. Vendo-o caminhar pela mata, longe do alcance dos ouvidos das garotas que passavam, pude facilmente entender por quê.

Ele estava com as mãos nos bolsos. A cabeça baixa. Parecia pálido.

— Então... — comecei, devagar. — Como ele está?

Macey deu de ombros.

— Não sabemos. Mal o vemos.

Bex olhou para mim.

— Como ele estaria?

Eu apenas fiquei com o olhar perdido, pensando em todas as coisas que eu não sabia.

* * *

No domingo da semana de provas finais, acordei cedo e saí de fininho da nossa suíte, fechei a porta bem devagar e deixei minhas amigas dormindo.

Os corredores estavam vazios. A grama estava coberta de orvalho, e, à medida que o sol nascia, formava uma espécie de arco-íris pelo chão. O mundo estava bonito e silencioso, e parecia completamente em paz quando subi as escadas para a enfermaria e abri a porta de Joe Solomon.

As máquinas ainda apitavam e zumbiam, mas havia menos bandagens. Os hematomas pareciam estar desaparecendo. Havia flores frescas num vaso sobre a mesa, mas a grande diferença era que, dessa vez, minha mãe estava sentada na cadeira ao lado da cama. Sua cabeça descansava no travesseiro dele. Ambos dormiam, com os dedos entrelaçados — os dois esperando que meu professor voltasse para casa.

Eu me senti espionando minha mãe (e não no sentido bom e secreto da coisa), então já estava deslizando de volta para a porta, tentando caminhar silenciosamente pelo corredor, quando esbarrei em alguma coisa alta, larga e forte.

— Opa!
— Desculpe — disse Zach.

Ele segurou meus ombros com gentileza, para me manter de pé. Não tínhamos nos falado — nos tocado — durante semanas. Parado ali, senti como se ainda estivéssemos nas tumbas, as paredes se fechando à nossa volta.

— Não vi você... desculpe — falei, depois me virei e fugi.

Zach me encontrou com os pombos.

Alguém devia ter apagado os quadros, porque o código do Sr. Solomon havia sumido e eu estava sozinha, olhando para o campo.

Não me virei ao ouvi-lo. Apenas falei:

— Ele já deveria ter acordado, não deveria? Ele não vai acordar nunca.

— Claro que vai.

— Isso nunca vai acabar.

— Claro que vai.

— Isso...

— Cammie, me escute. Não fale... apenas escute. — Havia medo em seus olhos. — Essa história não vai terminar sozinha. Não vai desaparecer. Não podemos ficar aqui... não podemos nos *esconder* para sempre.

— Ela é sua mãe? — fiz a pergunta que me queimava por dentro havia semanas.

— Lamento, Cammie. Eu...

— Você podia ter me contado.

— Não. — Ele balançou a cabeça. — Não podia. Não podia perder a única pessoa que, ao olhar para mim, pensava *nela*. Não podia perder isso.

— Meu pai está vivo, Zach?

— Não sei.

— Ela disse que está.

Ele me observou.

— Ela mente.

— Deveríamos estar mortos — falei, depois do que pareceu uma eternidade.

— Eu sei.

Ele ficou ao meu lado, a poucos centímetros de distância. Mas ainda assim não nos tocamos. Uma espécie de energia fluía entre nós, como se fosse uma tensão, uma faísca. No entanto, já tínhamos visto nossa cota de fogo.

— O Sr. Solomon não vai acordar — falei.

— Não temos como saber.

— Por que todo mundo se machuca, menos eu?

— E eu — disse ele. Ele tentou rir, mas foi em vão.

— Não poderei ir a Nebraska nesse verão. Não é seguro para meus avós ficarem perto de mim. — Corri a mão pela pedra fria do peitoril. Ela chegou perigosamente perto da dele, e sussurrei: — Sou perigosa.

— Para onde você vai?

— Não sei.

— O que vai fazer?

Balancei a cabeça e tive vontade de apoiá-la no ombro dele, que estava muito próximo, mas não me atrevi.

— Não sei.

E então os braços deles estavam em volta de mim. Quando Zach me beijou, foi com mais voracidade, como se só tivéssemos aquele momento e precisássemos prová-lo, bebê-lo, saboreá-lo, sem perder nem uma gota.

— Fuja comigo. — A respiração dele estava quente e pesada contra meu rosto. Não ouvi suas palavras, apenas soube que aquele beijo era real — o beijo era seguro.

Tornei a beijá-lo.

— Garota Gallagher — disse ele, se afastando e segurando meus rosto com as duas mãos —, podemos ir. Podemos fugir. Podemos sumir do mapa até que seja seguro voltar. Para todo mundo. — Seus olhos estavam a poucos centímetros dos meus quando ele sussurrou: — Podemos nos manter em segurança.

— Do que você está falando, Zach? — Tentei afastá-lo.

— Somos as duas únicas pessoas do mundo que o Círculo *irá* pensar duas vezes antes de matar.

— Isso não é divertido.

— Não estou rindo. — Ele me segurou mais perto. — Você está certa... ninguém está seguro conosco por perto. Escute, Cammie, poderíamos fazer isso. Treinamos a vida inteira para isso.

— Não posso. — Afastei a ideia antes que ela criasse raízes em algum lugar dentro de mim. — Não. Não. Minha mãe...

— Ela entenderia. Fico surpreso que ela não tenha tido essa ideia. — As mãos dele voltaram a pegar as minhas. — Se ninguém souber onde estamos, então ninguém poderá nos encontrar.

Em termos táticos, Zach estava certo. Porém, ainda assim não eu conseguia parar de encará-lo como se fosse louco quando ele falou:

— Nós. Podemos. Fazer. Isso.

Senti suas mãos e soube que ainda estavam quentes, o sangue ainda corria em seu corpo, ele ainda estava respirando — nós dois estávamos.

Poderíamos estar mortos.

Lembra o que eu falei sobre esperança? Sobre mentiras? Se Zach estivesse maluco, seria fácil ignorar, virar as costas e ir embora.

Mas a verdade... a verdade — mesmo quando vem em pequenas porções — não é tão fácil de ignorar, então fiquei com ele, olhando a luz da manhã, tentando decidir que partes eu carregaria.

— Não posso fugir com você, Zach. — Eu o beijei de leve.

Ele me puxou gentilmente para junto dele, me abraçou e disse:

— Eu sei.

Capítulo Quarenta e Seis

Estou escrevendo isto na semana das provas finais. Hoje de manhã Bex me encarava do outro lado da mesa no Salão Nobre enquanto eu rabiscava essas últimas palavras.

— O que você está fazendo? — perguntou ela.

— Relatório de OpSec — respondi, e foi tudo que precisei dizer.

Minhas amigas agora sabem o que é depender desses relatórios. Elas tinham visto o poder das palavras que meu pai e o Sr. Solomon haviam escrito antes mesmo de nós termos nascido. Nenhuma de nós nunca mais voltará a fazer um relatório resumido.

Quando saímos do Salão Nobre, Bex e Macey se dirigiram para a porta da frente, para a aula de P&CL. Liz foi para o laboratório, fazer seu último experimento antes do fim do semestre.

— Esperem — falei, e as três pararam e olharam para mim.

Meus hematomas quase desapareceram. Meu ombro está bom. Fisicamente, sou a velha Cammie, mas, quando minhas amigas se viraram para mim, sorriram como se eu pudesse quebrar.

— Amo vocês, garotas. Sabem disso, não sabem?

Elas se entreolharam, como se eu tivesse batido a cabeça com mais força do que elas pensavam.

— Cam... — Liz, começou a caminhar na minha direção, mas fiz um gesto para impedi-la.

— Quero dizer... as aulas vão acabar e, não importa o que aconteça no verão, eu simplesmente tenho que dizer isso... Amo vocês. Eu tinha que falar.

Bem, desnecessário dizer que se seguiram muitos abraços. E algum choro. E uma boa quantidade de "Amo você também". Mas, por fim, elas tiveram que me deixar. No fim, todo mundo tem.

Eu estava sozinha quando me virei e comecei a subir as escadas para a seção de História. A cada passo, eu via o último semestre passar como um filme — o Sr. Baxter me encarando à luz fraca da Torre de Londres, segurando minha mão; o Sr. Solomon me puxando para a ponte gelada; Zach apertando meus ombros e me dizendo para fugir das tumbas. A cada lembrança, uma palavra sempre se repetia, como uma canção.

Corra.
Corra.
Corra.

Correr. Foi o que as pessoas me mandaram fazer o ano inteiro, e acho que desta vez eu finalmente ouvi.

Não foi algo que decidi com tranquilidade. Acredite, passei semanas pensando no que eu tinha que fazer. Pesei todas as opções, os ângulos, os riscos. Há uma chance de que isso não dê certo, claro, mas a única pessoa que pode se machucar sou eu, e é por isso que tem que ser feito.

Zach estava certo.

Eles não vão me machucar. São as pessoas à minha volta que estão sofrendo. Não vou levar esse perigo a Nebraska, não importa quantos seguranças me acompanhem. Não posso ficar aqui. Este lugar que eu amo começou a parecer uma prisão — como uma torre. Além disso, sou uma Garota Gallagher: não poderia tentar ser um corvo.

Zach estava certo.

Às vezes, tudo o que um agente pode fazer é correr e não olhar para trás. Às vezes, quando você é um camaleão, a única coisa que pode fazer é se esconder. E é isso que vou fazer. A partir de agora.

Vou deixar este relato na seção de História, em cima da vitrine com a espada de Gilly. Alguém vai acabar o encontrando ali, no lugar onde tudo começou.

Por favor, não me procurem. Por favor, não se preocupem. E, acima de tudo, não pensem que eu fugi, mas que *fui atrás*.

Atrás de respostas. Atrás de esperança. Atrás de qualquer lugar aonde eu tenha que ir para terminar a missão de meu pai e acabar com isso de uma vez por todas.

Zach estava certo.

Há um ano ele me disse que alguém sabe o que aconteceu com meu pai. Alguém sabe por que o círculo está atrás de mim.

E agora... bem... agora vou sair sozinha desta mansão mais uma vez. Agora vou deixar este lugar e passar o verão tentando encontrá-los.

Eu voltarei e, quando isso acontecer, prometo que terei respostas.

Agradecimentos

A cada livro que escrevo, aprendo a apreciar cada vez mais as pessoas à minha volta. Sou incrivelmente grata a Kristin Nelson e a todos da Nelson Literary Agency, pela constante orientação e apoio.

Tenho uma enorme dívida com Jennifer Lynn Barnes, Rose Brock e todos os Bobs, por seus olhares atentos e ótimos conselhos no processo de transformar este livro de uma vaga ideia a um produto final.

As Garotas Gallgher não poderiam querer uma casa melhor que a Dysney-Hyperion, e eu gostaria de agradecer a todos de lá por seu trabalho incansável e sua infinita devoção — especialmente Jennifer Besser, que sempre será uma Garota Gallagher no sentido mais verdadeiro.

E, como sempre, eu não poderia fazer isto — e nada mais — sem minha família.

Este livro foi composto na tipologia Minion Pro,
em corpo 12/15,5, e impresso em papel off-white,
no Sistema Cameron da Divisão Gráfica
da Distribuidora Record.